KB122574

나는 **북한** 사람들과
더 깊은 **인연**을 맺고 싶다

나는 북한 사람들과 더 깊은 인연을 맺고 싶다

초판 1쇄 발행 2021년 9월 30일

지은이 │ 와다 신스케(和田晋典)
펴낸이 │ 윤관백
펴낸곳 │ ㈜도서출판 선인

등 록 │ 제5-77호(1998.11.4)
주 소 │ 서울시 마포구 마포대로 4다길 4(마포동 324-1) 곳마루 B/D 1층
전 화 │ 02)718-6252 / 6257
팩 스 │ 02)718-6253
E-mail │ sunin72@chol.com

정가 12,000원
ISBN 979-11-6068-615-9 03800

·잘못된 책은 바꿔 드립니다.
·www.suninbook.com

나는 북한 사람들과
더 깊은 인연을 맺고 싶다

와다 신스케(和田晋典) 지음

 도서출판 선인

내가 만난 가장 친절하고 진실한 일본 학자

안 찬 일
(사)세계북한연구센터 이사장

나는 북한에서 태어나 서울에 살고 있는 대한민국 국민
이다. 20대 중반에 비무장지대(DMZ) 군사분계선을 넘어와 대학
과 대학원을 거쳐 박사학위까지 받고 나서 비교적 안정된 서
울 생활을 하고 있다.

본인은 언론에 많이 등장한 관계로 언론계의 적지 않은
사람들을 알고 있다. 물론 일본 언론인들도 마찬가지다. 내가
아는 일본인은 대부분 학자보다 언론인들이 더 많다.

와다 신스케 박사!

이분은 내가 알고 있는 일본인 중 가장 친절하고 진실한
학자다. 왜 그런가? 나는 통일 관련 일을 하며 수많은 탈북자
들과 생사고락을 나누었는데, 그 속엔 언제나 이분이 있었다.

본문에서 읽게 되겠지만, 이분은 늘 북한과 북한에서 살
다 온 탈북자들과 동고동락했다.

왜 그랬을까. 와다 신스케 박사의 마음속에 항상 북한이

있었고, 나아가 통일의 꿈이 함께하고 있었기 때문일 것이다. 나는 와다 박사의 탈북민들과의 동고동락을 단순한 이방인들끼리의 동병상련으로 이해하고 싶지 않았다.

틀림없이 그분의 마음에는 시종일관 한반도의 평화와 통일, 그리고 통일 이후의 북녘 땅이 있지 않았을까 한다.

그래서 탈북 청년 학생들에게 와다 신스케 박사를 소개할 때 "이분도 탈북자입니다" 이렇게 우스갯소리를 곧잘 하곤 했다. 탈북자들과 마음이 하나이니, 이 말이 틀린 것이라고 누가 말할 수 있겠는가.

통일을 준비하는 와다 신스케 박사의 기나긴 여정은 북한이 자유화, 민주화되는 날 일단락될 것이다.

여러분께 소개하는 이 책은 한국 또는 다른 세상에서 북한 사람들을 부정적으로 보는 분들을 위해 새로운 관점을 제시하기 위해 쓴 것입니다.

필자가 남한 사람들에게 북한 사람을 소개하려고 하는 이유는 북한에 대한 거부감을 조금이라도 감소시키고 싶기 때문입니다. 이것이 남북통일로 향하는 데 힘이 되겠다고 봅니다. 한반도 분단이 일제강점기 때문에 일어났던 것이기 때문에 지금 현실의 일본인이 한반도의 평화 통일에 공헌할 필요가 있다는 것입니다.

그리고 필자가 외국인으로서 한국에 있는 북한 사람들과 더 깊이 소통할 수 있는 부분이 있기에, 그들과 한국인들이 진정한 교류를 할 수 있도록 돕는 것으로 남한에 거주하는 북한 사람들의 실제 생활이 개선되었으면 하는 마음도 있습니다.

이러한 마음으로 책을 쓰기로 결심한 뒤로 4년이 훌쩍 지났습니다. 특별히 복잡하지 않은 내용을 적으면서도 4년이란 시간이 지나버린 이유는 마음의 변화가 여러 번 생겼기 때문입니다. 써 놓고 다시 읽고 수정하고…….

그 변화란 통일에 대한 나의 기본자세인데 오락가락하면서 명확해지고 있습니다. 여기서 먼저 지금 시점에 갖춰진 자세를 말하고자 합니다.

내가 존경하는 목사님, 그분은 이미 세상을 떠나셨는데 "통일은 남쪽 사람들이 남한보다 북한을 사랑하고, 북쪽 사람들이 북한보다 남한을 사랑하면 할 수 있다"고 말씀하셨습니다. 나는 이것이 정확한 지적이고, 우리가 가져야 할 통일의 기본 정신이라고 생각합니다.

그러나 이 말을 두고 현실적이지 않은 '이상론'이라고 하는 사람도 많을 것입니다. 남북한 사이에는 이념의 차이와 경제적 격차가 엄연하게 존재하기 때문에 그런 인식도 틀린 것은 아닙니다.

그리고 더 깊은 마음의 상처가 한반도에는 남아 있습니다. 6·25전쟁 때 남과 북을 합해 400만 명 정도의 전사자가 나왔습니다. 분단 후 70년 이상 적대국으로 대치하면서 사망한 사람들도 있습니다. 분단선을 가로지른 피의 역사를 우리는 알고 있습니다. 그래서 "그런 동화 같은 이야기로는 현실에 대응할 수 없다"고 생각하는 것도 당연합니다.

그런데 한국은 개신교와 천주교, 불교 신도가 인구의 3분의 2를 차지하고 있습니다. 또한 유교 정신은 민족의 문화이기도 합니다.

예수님은 "원수를 사랑하며 핍박하는 자를 위해 기도하라"고 하고, 맹자(孟子)는 "인자무적(仁者無敵)"이라는 말로 성경 말씀과 같은 뜻을 표현했습니다. 또한 부처님에게는 원래 적군과 아군의 대립이라는 개념 자체가 없습니다.

"죄를 미워하고, 사람을 미워하지 말라"는 것은 종교와 관계없이 모두에게 양심이 있다고 인식하는 사상입니다. 이 말을 공자(孔子)가 했다고 하는데, 당시 재판에서 판사가 죄인이 죄를 범한 것에 대해 악(惡)은 인정하지만 그 죄인 본인을 악한 존재로 비난하지 말라고 훈계한 것으로 알려져 있습니다.

그렇지만 공자의 이 말이 남북한 현실 사회에 그대로 적용하기 어려운 것을 우리는 잘 알고 있습니다. 공자의 말을 현실에 그대로 적용한다면, 숙청과 살인을 반복해 온 북한 당국의 행동은 악하다고 인정하면서 정작 그것을 지시한 사람들은 용서하라는 말이 됩니다. 북한의 남침으로 인해 130만 명의 희생자가 나온 남한에서 북한 사람들을 그저 용서해야 한다는 말로 보입니다. 이는 분명 어려운 일이고, 북한 인민들에게도 역시 마찬가지일 것입니다. 북한 인민이 국가 원수의 악행을 알게 된 경우, 다른 어떤 나라 사람보다 그를 증오할 것이기 때문입니다. 그런 인민들에게 국가 원수를 용서하라는 말을 대체 누가 할 수 있을까요.

또한 우리는 일상생활에서 행복을 바라며 살고 있는데 국가 전체의 문제를 고민하고 있지는 않습니다. 개인이나 가정의 사정을 우선하며 살고 있습니다. 그리고 많은 사람들이 행복을 추구하고는 있지만 사실은 더 많은 행복을 찾고 있지 않고, 지금의 일상 유지가 우선되는 생활을 하려다 보니 당장은 통일 같은 위험을 초래하는 행복은 피하려고 합니다. 언제가 될지 모르는 훗날 국가의 행복을 위해 오늘 나와 가족의 위험을 감수하지는 않을 것입니다. 그렇기에 우리의 일상에서 예수나 공자의 말은 차선의 선택지가 되며, 이것이 현실입니다.

이런저런 이상과 현실을 보면서 통일에 대해 어떤 자세를 가지면 좋을지 고민해 왔습니다. 결국 남북 평화로 가는 길은 적군이나 아군이나 종교, 사상과 관계없이 서로 사랑하는 것밖에 방법이 없다고 선언하게 되었습니다.

그런데 이 책에서 '탈북자'라는 말을 쓰려고 합니다. 정부가 정한 공식 명칭은 '북한 이탈 주민'이지만 평소 대화에서 쓰는 사람은 없습니다. 나의 대화 속에서는 '북한 사람'이라고 하지만 이것도 마음에 들지는 않습니다. 그들의 고향은 '조선'이기 때문입니다. 어떤 친구는 "한국에 와서 여기서 북한이란 말을 쓰니까 일단 쓰고 있어요. 하지만 구속이 없어지면 당연히 조선이라고 해야죠"라고 합니다. 헌법상으론 그들도 한국 국민이지만 이렇듯 생활 곳곳에 불편함을 느낍니다. 그래서 나는 그들의 불편함을 책 속에서 표현하는 뜻에서 '탈북자'라는 말을 쓰기로 했습니다. 그리고 북한에서 사는 사람들을 '북한 인민'으로, 탈북자와 북한 인민 합할 때는 '북한 사람'으로 합니다.

여기서 소개하는 탈북자는 북한을 대표하는 사람은 아닙니다. 연구 논문 등이라면 큰 표본 숫자를 들고 객관적이라는 말을 쓰면서 작성해야 하지만 나는 그런 필요성을 느끼지 않습니다. 나의 친구들—그들이 살고 있는 집, 성격, 아이의 얼굴, 한국에서의 수입 등을 아는 30여 명이 나에게 있어서 북한입니다. 앞으로 나의 교류 범위가 넓어지면 내가 아는 북한이 커질 것입니다. 그런 교류를 통해 알게 된 내가 아는 것을 여러분께 소개하려고 합니다. 그래서 북한과 탈북자에 관심을 갖는 분은 직접 탈북자들과 만나 여러분의 탈북자관(觀), 북한관(觀)을 구축하시는 것을 권합니다. 그런 작업을 위해 이 책이 도움이 된다면 다행입니다. 그리고 탈북자들 역시 이 책을 읽어주기를 바라고, 또 도움이 되기를 기대합니다.

북한 인민들의 장점을 알려 주려고 이 책을 썼습니다. 북한 사람들은 책 속에 있는 것 이외에도 많은 장점을 가지고 있습니다. 그러나 적지 않은 탈북 친구들이 한국 생활을 하면서 자신감을 갖지 못하게 되었습니다.

탈북자들은 본인들의 장점에 대해 확신을 가져야 합니다. 이념이 전혀 다른 자유주의 경제 세상에 대한 지식과 노하우가 떨어지는 것은 어쩔 수 없습니다. 그러나 가족, 동무, 이웃들과 손잡고 웃으면서 살아온, 고향 북한의 생활에서 키워온 사람의 힘은 자랑스러운 것일지 모릅니다. 통일이 어떤 형태로 진행될지는 모르겠지만 평탄한 길은 아닐 것입니다. 혼란스러운 시대에는 고난을 희망으로 실천할 수 있는 사람들의 힘이 필요합니다. 이런 것은 지적인 교육으로 키울 수 있는 것이 아닙니다. 이것이야 말로 한국과 일본 같은 나라에서 살아온 사람들이 가지지 못한 장점이라고 생각합니다. 밝은 미래는 북한 사람들에게 달려 있다고 해도 과언이 아닙니다.

인사가 길어지면 좋지 않습니다.

이 책을 계기로 독자 분들과 새로운 인연이 생기게 되는 것을 기대합니다. 한 분이라도 더 나를 만나보고 싶다는 분이 계시다면 감사할 것입니다.

책에 쓴 내용에 대해 몇 명의 탈북자에게 확인을 부탁했습니다. 다행히 이의를 제기한 사람은 없었습니다. 단지 절반이 넘는 사람들이 "와다 상은 북한 사람을 너무 좋게 보고 있다"는 말을 전해 왔습니다.

그것은 좋은 일인 것 같습니다. 한국 사람이 이방인이 쓴 한국 여행기를 읽으면서 오히려 잘 알지 못했던 한국의 매력을 알게 되는 경우도 있기 때문입니다. 그런 점에서 감히 이 글이 북한 사람을 소개하는 책으로서 괜찮을 것 같다고 말해 봅니다.

이 책은 2019년에 일본에서 출간한 『탈·북조선론(脫·北朝鮮論)』을 대대적으로 수정·보완한 것입니다. 그 작업을 위해 내용을 다시 읽고 검토해 준 탈북자들, 제가 번역한 내용의 교정을 도와준 이샘 씨, 삽화를 담당해 준 히토미 씨, 노력해 주신 출판사 분들, 그리고 무엇보다 저와 기꺼이 이야기를 나눠 준 탈북 친구들에게 감사의 말씀을 드립니다.

2021년 가을
와다 신스케(和田晋典) 씀

제1장

내가 한국에 와서까지 북한을 연구하려는 이유

　나의 첫 번째 북한 여행은 1998년 가을, 1주일짜리 단체 여행이었다. 잘 알려진 바와 같이 외국인은 북한 당국의 보여 주는 것만 볼 수 있다. 김일성 동상, 생가, 주체사상 탑 등, 이미 알고 있던 관광지는 책 속의 사진을 실물로 확인하는 정도밖에 가치가 없었다.

　차를 타고 밖을 보고 있으면 산에 나무가 없는 것을 바로 알 수 있는데, 평양에서 남포로 가는 길에 안내원에게 물어봤더니 호랑이가 나와서 인민이 위험하기 때문에 그렇다고 했다. 주체사상탑을 설명해 준 50대 여성은 완전한 일본 사람의 발음인데도 본인은 '일본에 가본 적이 없고, 앞으로도 갈 일이 없을 것'이라고 말했다. 그는 60년대 일본에서 북한으로 간 귀국자일지 모른다. 서커스도 일정에 있어 봤는데 역시 잘했다는 생각이 들었다. 너무, 너무 잘했기 때문이다. 그런데 그것도 무리하게 훈련을 많이 받았던 결과인 것 같아서 오히려 감동을 받지 못했다. 보여 주기 위해 만든 인공적인 이질감이 가득 찬 관광이었다.

그래서 그런지 식사에 나오는 거의 모든 식재가 천연의 맛인 점이 눈에 띠었다. 당근이 나왔다 하면 냄새가 강해 아이 때 못 먹었던 당근 맛 그대로였다. 또 하나는 캔 커피, 러시아어로 적힌 성분 표시가 인상에 남았다.

그때가 고난의 행군 시기인 것을 몰랐다. 평양 시내라도 저녁이 되면 모두 불이 꺼졌다. 그래서 더 이질감이 강했는지도 모르겠다.

2003년 정치가인 지인이 북한 여행을 함께 가자고 했다. 납치 문제 때문에 북일 관계가 나빠져서 여행을 취소하는 사람이 많이 생겼다고 했다. 나는 1999~2002년 사이에 한국에 유학을 했기 때문에 한국말을 할 수 있었고 북한 사람과 직접 대화를 하고 싶어서 흔쾌히 승낙했다.

두 번째 북한 여행은 언어 때문에 많이 바뀌었다. 보다 깊은 인상을 준 것은 북한 사람들이었다. 여기서 말하는 사람들이란, 여행객을 주관하는 안내원이나 관광지에서 설명해 주는 사람이 아니다. 그들은 소위 말하는 정치적인 냄새를 항상 내뿜고 있었다. 이번에는 우리 쪽이 정치가들이어서 더 그런 경향이 강했을지도 모른다. 나쁜 사람이 아닌 것 같기도 하지만, 말 하나하나에 정치적인 의도가 있는지 의식을 해서 계속

불편한 긴장감이 있었다.

반면 운전기사가 "이것이 일본 차입니다"고 웃어 주던 모습이나 호텔 매점에서 젊은 여직원이 내가 원하는 상품을 찾기 위해 창고까지 왔다갔다해 준 모습들은 인상 깊게 남았다. 그들은 똑바로 눈을 보면서 미소를 짓고 간단한 대화만 하던 사람들이었다. 이쪽도 정치적인 경계심을 가질 필요가 없는 사람들이었다. 옛날 순수했던 어린 시절의 추억이 생각나는 맑은 느낌이었다.

북한 인민들은 상부의 명령을 받고 로봇처럼 행동하는 사람들인 줄로만 알았다. 첫 번째 방문 때는 더욱 그런 인상이었는데 직접 대화해 보니 꼭 그렇지도 않았다.

나의 3번째 북한 여행은 2008년이었다. 대학교수•인 나의 오랜 친구와 함께 갔다. 그때는 내가 같이 가자고 청했는데, 그는 산사태 분야의 연구자이며 북한에도 관심을 가지고 있었다. 여기에 일본 조선대학교•• 교수도 동반해 3명이 함께 북한에 갔다. 납치 문제 때문에 북일 관계는 좋지 않았고 북한 방문을 자제하라는 방침이 있던 때였다. 하지만 당시 북한도

• 그는 산사태 분야의 세계적인 권위자로, 2018년 부탄 출장 중 심장 마비로 세상을 떠났다.

•• 도쿄 고다이라시(小平市)에 위치해 있으며, 재일 교포 단체인 재일본조선인총연합회가 북한의 지원을 받아 운영하고 있다. 일본 문부과학성에서는 정식 대학으로 인정하지 않고 각종학교로 분류하고 있다.

백두산 폭발이나 지진에 관한 정보를 원했고 우리 일행을 환영해 줬다.

그동안 한국말 실력이 더 좋아져서 안내원과 친한 관계를 맺기까지 시간이 얼마 걸리지 않았다. 안내원과 사이가 좋아지면 산사태에 관한 대화를 하는 연구자도 우리에겐 경계심을 가질 필요는 없어진다. 시종 부드러운 분위기 속에서 연구 회의를 했다. 그렇게 되면 관계자들의 사이는 가까워진다. 운전기사는 물론 강가에서 조개를 구워 준 호텔의 여성에게도 경계심은 안 보였다. 묘향산 기슭 강에서 안내원과 수영하고 있었는데 현지 경비원한테 주의를 받은 적도 있다.

"나는 북한 사람들과 더 깊은 인연을 맺고 싶다."

이것이 바로 "왜 한국에 와서까지 북한을 연구하려고 하느냐?"라는 질문의 답이다.

한국에서 북한학을 공부하면서 몇 번이나 받은 질문에 답하기 위해, 이제 다시 20년의 기억을 뒤돌아보게 되었다.

"통일은 우리에게 필수적이다. 남북통일은 동아시아의 평화뿐만 아니라 세계 평화로 이어질 것"이라고 공식적인 자리에서 답해 왔다. 물론 이 말 역시 솔직한 나의 의견이기는 하지만 이는 표면적인 내용에 불과하다. 내면은 국가와 세계 평화뿐 아니라 동시에 북한 사람들이 순수한 미소에 어울리는 행복한 삶을 영위하기를 바란다. 그들의 곤궁한 생활 역시 안타깝기는 하지만 그것보다 본래의 힘을 발휘하지 못하는 것에 대한 아까움이 더 크다.

그들은 더 행복해져야 한다. 그 마음은 북한학을 공부하기 위해 한국에 와서 만난 탈북자들과의 교류를 통해 더 깊어졌다. 북한의 장점으로 천연자원과 대륙으로의 길 등이 언급되는 경우가 많다. 그것 또한 사실이지만, 국가의 재산은 뭐니 뭐니 해도 국민이다. 북한에 매력이 있다면 그것은 바로 북한 사람이다.

한국의 생활이 길어질수록, 내가 북한에 관심을 갖게 된 것은 잘한 일이라고 생각된다.

제2장

사랑하는 나의 탈북 친구들

1. 문옥, "균형 감각이 좋은 사람"

감사할 줄 아는 사람

2015년 초여름, 장마가 한창이던 어느 날이었다. 우리 공장에서 같이 일하던 아르바이트생을 집에 데려다 주던 차 안이었다. 도착 5분 전쯤 그가 "오늘 저와 친구 세 명이 명태조림 집에서 밥 먹기로 약속했는데 와다 상도 같이해요"라고 말했다. 명태조림은 내가 가장 좋아하는 메뉴 중의 하나인데 실은 그날의 식사가 기분 좋은 것이었기 때문인 것 같다. 그때의 식사 친구 중 한 명이 문옥•이었다.

즐겁게 식사한 나는 마음이 들떠 내 카드로 계산을 했다.

• '문옥'을 비롯해 이후 책 속에 등장하는 탈북자들은 모두 가명을 사용해 표기했다.

내가 밥값을 계산했다는 걸 뒤늦게 알게 된 문옥이 종종걸음으로 다가와 따지듯 물었다.

"그건 안 되지 않습니까?"

자기들의 식사 모임의 계산은 자기들이 해야 한다는 것이다. 그의 말에 나는 "남한에서는 나이 많은 사람이 밥값을 계산하지 않으면 미움받아요"라며 웃었다. 그는 "그럼 다음에 정말 공장에 갈게요"하며 진지한 표정으로 말했다. 자신들의 의도와 달리 밥을 얻어먹었으니 무엇으로든 갚으려는 것이었다. 내가 아는 탈북자 중에 이런 반응을 보인 사람은 없었다. 보통은 "고마워요" 하고 인사하면 끝이었다.

탈북자들은 어려운 경제 사정 때문인지 아니면 북한에서의 무상 배급 제도 때문인지 식사 대접을 받으면 말로만 고맙다고 말한다. 이런 문화는 남한 사람들도 비슷하다. 하지만 일본은 개인주의가 강하고 더치페이를 선호하는 문화가 있다. 그래서 그런지 그날 문옥과의 짧은 만남이 좋은 인상으로 남았다. 그 후 문옥은 실제로 공장에서 일하게 되었다.

그는 남한에서 장애 판정을 받은 기초수급 대상자이다. 경추 손상으로 목을 쇠로 고정시켜 좌우로 움직이지 못한다. 탈북 이후 중국에서 아이를 낳고 살다가 중국 공안에 잡혀 북송되었고 감옥에서 일하던 중 경추 손상을 입었다고 한다. 그의 탈북 이야기를 통해 내면을 들여다보고 싶다.

화를 내지 않는 사람

북한에서 사회생활을 하던 22살 즈음, 문옥은 돈을 벌게 해 준다는 브로커의 말에 속아 두만강을 건넜다. 그는 그 강이 두만강인 줄 알지 못하면서 탈북을 해버렸다. 그와 같이 의외로 많은 탈북자들이 본인의 의지로 국경을 건넌 것이 아니라 그처럼 먹는 것을 구하기 위해 아무것도 모르고 중국에 팔려 간다.

중국으로 넘겨지자마자 그는 인신매매를 당했다. 하지만 자신의 인생을 송두리째 바꿔 놓은 브로커를 원망하거나 욕하는 것을 나는 들어 보지 못했다. 그는 평소에도 남을 험담한 적이 한 번도 없었다.

가끔 북한 뉴스에서 아나운서가 격양된 목소리로 "남조선 괴뢰도당의 악랄한, 미친 ××…" 같은 욕설하는 것을 들으면 북한 사람은 모두 욕설을 잘하는구나 하는 편견이 생긴다. 하지만 내가 만난 탈북자들은 욕이나 험담을 즐겨하지 않는다. 문옥은 더욱 그러했다.

그는 중국에서 숨어 지낼 때도 본명을 사용했다고 했다.

탈북자들이 북한 사람임을 감추기 위해 가명을 쓰는 경우가 많은데 그는 "나는 중국에서도 본명을 쓰고 있었어요"라고 말했다. 자신은 나라를 버리거나 도망자가 아니라는 자부심이 그렇게 만든 건지도 모르겠다. 그는 남한에 와서도 본명을 쓰고 있다.* 북쪽에 가족이 살고 있는데도 말이다. 겁이 없거나 숨길 필요가 없다고 생각하는 것 같다. 마인드가 그답다고 생각한다.

중국에서 숨어 지내던 문옥은 공안에 체포되어 북한으로 북송되었다. 그 후 2년간 '교화소(敎化所)'에 감금되어 강제 노역을 했고 경추가 손상되는 아찔한 사고까지 당했다. 사고 전, 간수의 매질에 쓰러지는 상황을 전할 때도 그는 "간수도 명령에 따라 움직이는 사람"이라며 남의 이야기하듯 차분했다.

탈북자가 잡혀가면 대체로 살인자나 그에 상응하는 형사범이 수용되는 노동교화소에 2~5년 정도 수감되게 된다. 그중 중국이나 제3국을 통해 남한으로 오는 길에 잡히면 제일 무서

---

* 2007년 중국 여행 중이던 남한 사람이 이유 없이 중국 공안에 붙잡힌 사건이 뉴스로 크게 보도되었다. 현재는 법이 바뀌었지만 이 사건이 있기 전까지 탈북민이 하나원을 나오면서 받는 주민등록증의 출생지는 안성시로 되어있었고 주민번호 뒷자리의 번호도 안성시 출생자의 일련번호를 따르고 있었다. 하나원이 안성시에 위치해 있으니 탈북자는 모두 안성시에서 새롭게 태어났다는 의미였다. 이를 간파한 북한 보위부가 중국 공안과 공조하여 중국을 여행 중인 안성 출생자를 색출해 체포했는데 잡고 보니 그는 실제 안성시 출생의 남한 사람이었다. 이 사건 이후 남한에 입국한 탈북자들은 북한에 남겨진 가족을 보호하기 위해 가명을 사용하거나 개명 신청을 하는 등의 방법으로 개인정보 노출을 피하고 있다.

운 정치범 수용소에 수감되기도 한다. 북한 노동교화소는 환경이 열악하고 일의 강도가 높아 수감자들이 아사, 병사, 폐사로 사망하는 경우가 허다하다. 그곳에 인권은 존재하지 않는다.

문옥은 말한다.

"교화소라는 곳은 형을 살다가 죽으면, 충분히 죄 값을 치르지 않았기 때문에 가족에게 피해가 갈 수 있습니다. 그래서 감옥에 간 죄수는 어떻게 해서라도 형기를 마치고 출소하지 않으면 안 됩니다."

문옥은 가족에 피해를 주지 않기 위해 경추가 손상되는 큰 부상을 당하고도 형기를 마쳤다고 한다. 하지만 석방된 후에는 북한 가족에게 돌아가지 않았다.

출소하는 날에도 그는 사고 후유증으로 목을 제대로 움직이지 못하고 걷지도 못했다. 그의 퇴소를 담당하던 경찰관이 자전거 뒤에 문옥을 태우고 그의 고향으로 이동했다. 포장되지 않은 시골길을 자전거가 달리는데 다친 목이 너무 아팠다. 그는 경찰관에게 목의 통증이 너무 심하다고 말했다. 고심하던 경찰은 지나던 마을의 지인에게 그를 맡기며 옥수수 한자루를 넘겨주었다. 그 옥수수는 감옥을 나오면서 문옥이 받은 배급이었다. 아들과 딸을 키우던 주인 어머니가 죄수였던 문옥을 맡는 데 흔쾌히 동의했다. 가난한 시대 사람들이 서로 돕고 사는 모습을 잘 알고 있었지만 20년 전 식량난이 극심하던 북한에서 경찰관이 건넨 옥수수 한 자루가 얼마나 큰 가치가 있는지 잘 알 수 있는 대목이다.

1개월 후, 남의 집에 신세를 지는 것이 더 이상 어렵겠다고 생각한 문옥은 고향에 간다는 편지를 남기고 그 집을 나왔다. 어디로 갔는지 알리지 않고 사라지면 주인아주머니에게 폐가 되기 때문이었다. 편지에는 고향에 간다고 썼지만 문옥은 그길로 고향이 아닌 중국 가족이 기다리는 곳으로 떠났다. 그는 국경연선 부근에서 브로커를 통해 중국의 남편에게 연락을 취하고 다시 국경을 넘었다. 전화를 연결해 준 브로커는 중국 남편 쪽에서 돈을 지불해 주었다. 남편 고향으로 간 그는 남편과 아이를 남기고 바로 태국을 거쳐 남한에 입국했다.

탈북자는 남한 입국 후 제일 먼저 국정원에서 간첩 여부와 탈북자가 맞는지 확인하는 절차(1개월 정도)를 받는다. 그 기간에 건강검진을 받게 되는데 치료가 시급한 사람은 병원으로 이송되어 긴급 치료를 받는다. 국정원 입소 당시 문옥은 왼쪽 반신이 마비되어 있었다. 급히 병원으로 옮겨져 X레이를 찍은 의사가 "이 X레이가 정말 당신이에요? 몇 개월을 걸쳐 중국에서 태국으로 이동하고 한국에 왔다고 믿겨지지 않아요. 이 상태로 걷는 건 불가능해요"라며 놀라워했다. 그는 곧바로 입원해 경추에 스테인리스 판과 볼트를 고정하는 수술을 받았다.

그때를 회상하던 그는 "간첩인지도 모르는 나를 바로 입원시키고 무료로 수술을 해주는 것만으로도 고마운 일이에요"라고 말했다. 그는 특정 종교를 믿지는 않지만 항상 감사하다고 말했다.

"문옥 씨와 일하기 제일 편해요"

현재 문옥은 중국에서 낳은 17세 아들을 한국으로 불러 같이 살고 있다. 중국 시골에 인신매매를 당하는 탈북자들은 그곳에서 낳은 자녀를 한국으로 데려오길 희망한다. 중국의 시골보다 남한이 아이들 교육에 좋다고 판단해서이다. 문옥은 경추 손상 장애를 가진 한부모 가장이라는 조건으로 장애인 기초수급 지원을 받고 있다. 그가 받고 있는 수급 지원금은 두 사람이 1달 동안 생활하기에 크게 부족하지 않다. 그 몸으로 굳이 공장에서 일할 필요는 없다는 말이다.

> "저는 지금까지 한국 사회에 나와서 일한 적이 없는 거예요. 제 병이 앞으로 완치될 수 있는 몸이 아니잖아요. 어쩔 수 없이 평생 이대로 살아가고 싶지 않아요. 그래서 이 몸으로 어느 정도 일을 할 수 있을까, 먼저 어디서나 해보고 싶었어요."

그의 장애는 복구할 수가 없다. 왼쪽 반신 마비는 80% 정도 회복되었지만 고질병이 된 두통으로 머리가 항상 멍한 상태다. 그는 근처에 있는 체육관 운동 클럽에 가입해 건강 관리를 꾸준히 하고 있다고 한다.

명태조림 값을 내어준 것 때문인지 문옥은 내가 관리하는 공장에 오게 되었다. 몸이 불편해 매일 나오지는 못하지만 상황에 맞게 출근하고 있다. 그 후 1년 동안 출근을 못할 만큼 건강이 나쁜 시기가 있었지만 지난봄부터 다시 공장에 나오고 있다.

공장에는 탈북자 2명, 한국인 3명, 일본인 2명이 일하고 있다. 하는 일은 커피숍에서 사용하는 음료 파우더를 배합하여 소분하는 작업이다. 100kg 정도의 분말을 기계로 배합한 다음 그것을 500g~1kg 봉지에 소분하여 포장하면 된다.

하는 일이 단순 노동이다 보니 나는 일할 때 직원들끼리 대화를 많이 나누길 바란다. 남한, 북한, 일본 등 서로 다른 문화권에서 살아온 사람들의 교제와 대화 주제가 궁금하다. 매주 월요일 오전 2~3시간은 서로를 알기 위해 미팅을 하고 있다.

같이 일하는 일본인 동료들은 "같이 일하는 사람 중에 문옥과 일하는 게 제일 편해요"라고 말한다.

당연한 일이지만 남을 배려할 줄 알고 욕을 하지 않는 사람을 싫어할 사람은 없다. 그는 시간 개념도 엄격한 편이어서 항상 정해진 시각에 출근한다. 내 기억에 그는 한 번도 지각한 적이 없다. 월요일 미팅 때는 가끔 음식도 준비해 온다. 다른 사람들처럼 돈을 벌기 위해 출근하는 게 아니어서 여유가 있다고 할 수는 있겠다. 하지만 여유가 있다고 해서 일을 대충하는 것은 결코 아니다.

그는 미팅 시간에 말을 많이 하지 않는다. 가만히 듣고 있다가 내가 의견을 구하면 그때는 자기 의견을 분명하게 내놓는다. 문제가 복잡해지고 불분명해지면 그가 나서서 자기 의견을 말한다. 그는 "우등생"이다.

분단 위원장

문옥은 북한에서도 우등생이었던 것 같다. 중학교(고교 수준) 다닐 때는 사로청위원장, 즉 반에서 정치반장이었고 축구 선수이기도 했다. 그는 학생 시절이 참 즐거웠다고 말한다.

한때 탈북자의 학창 시절을 조사한 적이 있었다(본서 후반 참조). 인터뷰 조사에서 탈북자의 90%가 학교생활이 즐거웠다고 답했다. 사람은 어린 시절에 인간관계의 기초를 배운다. 그 중심은 학교생활이다. 학창 시절에 좋은 추억이 많다는 것은 인간관계 시작점이 긍정적이었다고 볼 수 있다. 실제 탈북자들은 인간관계를 잘한다.

문옥은 또 하나 주목할 만한 말을 했다.

"김정일 생일(2월 16일) 때도 손에 꼽을 만한 좋은 추억이어
요. 그 시기는 추운 겨울이지만 나와 친구들은 예쁜 장식을 하
고 즐겁게 노래를 불렀어요."

북한은 남한의 추석이나 설보다 김 부자(김일성, 김정일) 생일
을 민족 최대의 명절로 치르고 있다. 이날이면 초등학생부터
노인에 이르기까지 나라 전체가 김 부자를 위한 '충성의 노래
모임'을 열고 당과 김 부자를 위한 충성을 다짐한다. 이런 우
상화가 정치적 명령에 의해 진행된다는 것이 정설이다. 물론
인민 대중은 정치적 보복이 두려워 복종하는 편이지만 문옥은
자신은 그렇지 않았다고 말한다. 위에서부터 내려오는 명령을
납득하고 그 상황을 즐겼다는 것이다. 거짓말을 하지 않는 그
의 대답이어서 더욱 주목할 만한 것이었다.

북한에서의 명절 준비 등은 당 명령으로 행해지고 있다. 그
런데 그것들이 인민의 자유의사와 전혀 관계없이 실행되는 것은
아니겠다. 행사 자체는 강제이지만 인민들은 정해진 범위 안에
서 자유를 느끼며 살고 있다. 그것을 문옥의 말에서 알 수 있다.

사람은 어디서나 그 살고 있는 자리의 규칙과 질서 속에
서 자유를 찾고 있다. 그것은 북한도 한국도 마찬가지다.

불운한 가정 환경

나는 문옥이 정신적으로 너무 건강한 것이 신기하다고 생각했었다. 이전에 그에게 본인의 가족에 관한 인터뷰를 한 적이 있는데 그는 좋은 가정 환경에서 자라지 못했다.

한때 나는 일본에서 정신장애를 가진 청년들과 의식적으로 교류한 경험이 있다.[*] 그 후 나는 '정신적인 문제가 있는 사람은 거의 모두가 부모의 이혼, 자살, 바람, 가정 폭력 등 문제가 많은 가정에서 어린 시절을 보냈다'는 지표를 얻게 되었다. 물론 문제가 있는 가정에서 자란다고 모두가 정신장애를 가지는 것은 아니다. 그러나 부모의 행동이 아이의 정신발달에 영향을 미치는 것은 누구도 부인할 수 없을 것이다.

문옥의 아버지는 술을 마시면 폭력을 휘둘렀다고 한다. 남편의 폭력에 어머니는 처음에는 반발했지만 이내 순응하며 살았다. 어느 날 아버지는 자신의 행패에 순응하는 부인의 반응에 자신을 무시한다며 어머니를 때리고 마지막으로는 목을 조르기 시작했다.

"엄마의 눈이 토끼 눈처럼 충혈되는 것을 보고 나는 부엌에

---

[*] 와다 신스케(和田晋典), 『마음의 짐은 사랑으로 내린다: 우울증, 정신분열증 청년들과의 교류기』, 2007.

있던 막대기를 갖고 나와 뒤에서 아버지의 머리를 때렸어요.
그때 아버지가 기절했는지 움직이지 않아서 어머니의 손을 잡
고 산속까지 달아났어요."

정신이 돌아온 아버지가 어머니를 찾아 온 동네를 서성
거렸고 그와 어머니는 아버지가 술을 깬 다음에야 집으로 돌
아갔다고 한다.

"나는 하루빨리 집을 나가 혼자 살고 싶었고 학생 때는 기숙
사나 친구 집에서 자는 날이 많았어요."

이런 불우한 가정에서 자란 아이는 성인이 되면서 정신
적으로 문제 행동을 보이는 경우가 적지 않다. 문옥에게 있어
"좋은 추억"이란 학창 시절 친구 관계가 중심이었다. 일본에서
경험한 『우울증, 정신분열증 청년들과의 교류기』에서처럼 문
옥은 우울증, 정신분열증 같은 증상이 나타나도 이상하지 않
을 만큼 불운한 가정 환경에서 자랐다. 하지만 그는 정반대로
함께 일하는 사람들에게 칭찬을 듣고 적극적으로 대인 관계를
끌어가며 자기 관리도 잘하는 편이다. 나는 그것이 신기했다.

보통 난폭한 아버지와 불행한 어머니 밑에서 자란 사람
은 결혼하지 않겠다는 선택을 하는 경우가 많다. 그는 본인의
의사와 관계없이 인신매매로 결혼하게 되었다. 그것이 그의

인생을 바꿔 놓은 건지는 모르겠다.

같이 일하는 여성들이 자기 자식 이야기를 할 때가 종종 있다. 그럴 때면 남한 엄마들은 자식을 과보호하고 애지중지 하는 편이다. 반면 중국어를 모국어로 사용하는 아들에게 문옥은 "스스로 하라"는 말을 많이 사용한다. 아들이 스스로 자립하고 성장하도록 키우는 것 같다.

좌우 치우치지 않으며 진솔하게

지난여름, 문옥의 성격을 알 수 있는 계기가 있었다. 창원에서 통일에 대한 관심을 촉구하는 세미나가 열렸다. 나는 주최자에게 탈북자가 남한을 어떻게 품고 있는지 증언할 수 있는 자리를 마련해 줄 것을 요청했다. 문옥에게 증언자로 서 달라고 부탁하고 차를 타고 가면서 많은 이야기를 나누었다.

내가 보기에 탈북자들은 남한 사람에게 자기 생각이나 감정을 솔직하게 표현하지 못하는 것 같다. 그들은 '남한 사람은 속을 모르겠다'는 말을 자주 한다. 비판적이고 직설적인 북한식 표현 방식과 달리 남한 사람은 부정적인 생각이 있어도 과한 칭찬을 많이 하니 '그 속을 모르겠다'는 말을 자주 쓴다. 물론 남한 사회 정착 기간이 길어질수록 남한 문화를 이해하고 그에 따라 부정 평가는 줄어들지만, 그렇다고 해서 그런 불만이 완전 사라지는 것은 아닌 것 같다.

탈북자들은 남한에서 실시하는 인터뷰 등에서 기본적으로 남한을 칭찬하고 북한을 욕하는 쪽을 선택한다. 이유는 소수자인 자신이 이 땅에서 살아남기 위한 방편이기 때문이다. 그들은 남한과 적대적인 북한을 좋게 평가하는 것이 남한의 자존심을 상하게 하는 것임을 알고 있다. 그런 남한에서 북한을 좋게 말하면 서로 불편해지고 미움을 살 수 있는 것이다.

만약 많은 탈북자가 남한을 좋아한다면 더 많은 탈북자가 남북의 통일을 바라야 한다. 하지만 불행히도 남한의 통일정책을 바라는 탈북자가 적다는 것을 알 수 있다. 탈북자들은 북한의 정치적 해방을 바라고 있지만 그것뿐이다. 최근 탈북자 단체가 남북통일당을 창당했다. 이것을 보며 나는 탈북자가 바라는 통일이 따로 있다고 생각한다.

나는 통일을 주제로 하는 세미나에서 문옥에게 탈북자의 속마음을 솔직하게 전해 달라고 부탁했다. 매사에 솔직하고 정확한 성격이어서 남한 사람이나 주최 측의 반응에 우왕좌왕하지 않을 것이었다. 만일 증언 도중 문제가 생겨도 그가 충분히 수습할 수 있다고 판단했다.

세미나에는 북한에 관심은 있지만 탈북자는 처음 만나는 남한 사람이 대부분이었다. 참가자들은 문옥과 함께 약 3시간 동안 이야기를 나누었다. 세미나는 무난히 지나갔다. 부정적인 말을 좋아하지 않는 그는 내가 들어도 진실하지만 그렇다고 북한을 신랄하게 비판하지도 않았다.

"나는 북한 대표로서 부끄럽지 않게 살아가려고 노력하고 있습니다."

참가자 중 한명이 그의 말이 인상적이었다며 "의외로" 건실한 탈북자를 만났다고 말했다. 세미나가 끝나고 나는 문옥의 균형 감각에 다시 한 번 만족감을 느꼈다.

가정은 인민민주주의 사회의 세포

"남한 가족은 가족 같지 않은 것 같죠?"

자동차 안에서 물어본 적이 있었다. 문옥이 이 주제에 대해 어떻게 반응하는지 궁금했다.

"맞아요. 남한 가정은 가정이 아닌 것 같아요."

의외로 바로 답이 나왔다. 그는 잘 모르거나 부정할 때면 곰곰이 생각하는 편인데 이번에는 대답이 빨랐다. 나는 다음

말을 기대했다.

"남한은 식구들이 따로따로 사는 것 같아요. 북한은 특별한 일이 없는 한 가족은 함께 살아요. 하루 세끼 밥을 같이 먹고 가족의 대소사도 같이 해결해요. 집을 따로 살 형편이 어려워서 그렇긴 하지만."

남한이나 일본도 가난하던 시절에는 가족의 결집력이 높았으나 경제 상황이 발전한 지금은 가족보다 개인의 행복이 더 소중하다고 여긴다. 북한은 아직 가족 중심의 경제 활동이 활발한 편이고 가족애가 끈끈하다.

누구나 자신이 처한 환경에서 사회를 바라보고 평가하는 법이다. 전체주의와 공동체 사회 구조에 익숙한 탈북자들에게 개인주의가 발달한 남한 문화가 이상하게 보일 것이다. 많은 탈북자들이 "북한은 그곳에 살아본 사람이 아니면 모른다"고 말한다. 이 말을 그때도 실감했다. 우리는 각자의 방식으로 북한이나 탈북자를 이해하려고 하지만 북한 인민을 제대로 이해하기는 어렵다.

내가 문옥의 가족관을 잘 모를 때에는 그를 이상하게 생각했다. 그는 가족에 대해 좋은 추억이 있을 수 없는 환경이었지만 그 가족의 울타리를 벗어나지 않고 항상 함께 생활했다.

북한 사람에게 가족은 어떤 상황에서도 무조건 같이 살아가는 운명 공동체이다. 개인의 만족을 찾아 쉽게 해체되는 남한이나 일본과 달리 말이다.

'가정은 인민민주주의 사회의 세포'이다. 알다시피 북한은 국가가 가정과 개인보다 우선된다. 나는 이것이 실제 어떤 의미인지 잘 알고 있다고 생각했는데 전혀 아니었다. 남북한의 가정에 대한 차이를 세 가지 정도 생각해본다.

첫 번째로 북한에서 이혼은 재판소에서 결정한다. 개인 사유로 국가의 재산인 가정을 해체하면 안 된다는 것이다. 그 때문인지 이혼율이 자유주의 사회와 비교가 안 될 만큼 낮다. 일반적으로 개인의 자유를 강조하면 이혼은 늘어난다. 북한이 이혼의 자유가 없는 것을 비판적으로 언급하는 탈북 연구자의 논문이 있기는 하지만 내가 아는 탈북자들은 이혼의 자유가 없는 것을 나쁜 제도나 관습으로 생각하지 않는 것 같았다. 문제가 있는 부부에게는 힘든 일이지만 자녀가 양부모가 있는 환경에서 자라는 것은 중요한 일이고 이를 유지하는 것이 더 나은 선택이라고 보고 있다. 결혼은 이혼을 전제로 시작하는 것이 아니다. 또한 이혼할 수 없으면 어떻게든 주어진 환경에서 살아남기 위해 노력하기 때문에 부부 관계가 회복될 수도 있다.

두 번째로 북한은 개인이 일으킨 문제를 가족이 함께 책임을 져야 한다. 이것은 다른 국가에서도 마찬가지지만 북한

이 더 강하다고 본다. 예를 들어 북한 주민 한 사람이 탈북하면 그 가족이 처벌을 받는다는 것은 잘 알려져 있다. 그러나 가족 중 한 사람이 자살을 해도 가족이 처벌을 받는다. 자살은 곧 국가 반역인 것이다. 따라서 가족 중 한 사람이 정치적인 우를 범하면 온 가족이 지방으로 추방을 당하거나 죄가 엄중할 경우 가족 모두 정치범 수용소에 갇히게 된다. 북한 사회 자체가 개인과 가족이 하나로 연대되어 있다는 것을 알 수 있다. 이것이 남한 사회와 다른 점이다. 그런데 북한은 가족 간에도 정치적 비리가 있으면 국가에 고발을 하게 되어 있다. 다만 탈북자 지인 세 명 정도가 "소문으로 들은 적은 있지만 실제로 내 주위에서 일어난 적은 없다"고 답을 한 것으로 보아 가족 내부 고발은 많지 않다고 봐도 될 것 같다.

세 번째는 북한 주민은 삶의 대부분을 노동당과 관할 세포 조직에 의해 관리·감시받고 있다. 여행의 자유는 물론 숙박에도 자유가 없다. 어린 자녀가 옆집이나 친구 집에서 하룻밤 자는 것은 문제되지 않지만 남편이 아내 몰래 상간녀의 집에 숨어드는 것은 쉽게 할 수 없다. 북한은 유치원 시기부터 죽을 때까지 모든 인민이 조직 생활을 한다. 학생이 학교에 가지 않으면 학생 조직의 처벌을 받고 성인이 무단으로 출근하지 않으면 경찰서에 불려간다. 다른 지역에 잠깐 방문해 지인이나 친척집에 하룻밤 묵어도 관할 인민 반장에게 보고하고 숙박 명단을 작성해야 하는 등, 속해 있는 조직의 감시에서 벗어날 수 없다. 그들은 매사에 모범적인 생활을 강요받는다. 북한에는 술집이나 오락 시설이 없기 때문에 가정이나 직장을 벗어난 외부에서 문화생활을 할 곳이 전혀 없다. 남한 사회와 비교해도 압도적으로 가족과 함께 있는 시간이 많다는 말이다.

문옥은 불운한 가정 환경을 빨리 벗어나고 싶었지만 결국 아무것도 하지 못했다.

그의 집은 보통 북한 주민의 집과 비슷하게 부엌까지 합쳐 방이 3개였다. 집에 있는 한 매일 아버지 얼굴을 마주해야 한다. 밥 먹는 시간이면 아버지는 장녀인 문옥을 앞에 앉히고 훈계를 했다고 한다. 말이 길어지고 듣기 싫어도 졸려서 자고 싶어도 아버지는 그를 붙들고 놓지 않았다.

"지금은 내 말을 이해할 수 없겠지만 나중에는 다 알게 될 거야."

이 말은 부모가 자식에게 많이 하는 말이다. 남한이나 일본에서 이런 훈시로 자식의 발목을 잡는다면 자녀는 부모와의 식사를 거부하거나 밥만 먹고 각자 방으로 도망갈 것이다. 그러면 부모 세대와 자녀는 대화가 단절되고 남보다 못한 가족이 될 것이다.

"이제 와서 돌이켜 보니 아버지가 한 말들이 옳았다고 생각
될 때가 있어요."

　　그때는 몰랐지만 부모가 되어서야 부모의 마음을 이해하
게 된다. 그의 어린 시절 가정 환경이 행복하지는 않았지만,
가족끼리 매일 밥상을 마주했고 부모의 말을 경청하면서 끈끈
한 가족애가 쌓였다. 이것만 두고 생각한다면, 문옥은 전통적
인 부모와 자식의 인연이 제대로 연결되어 있는 가정에서 자
랐다고 보는 것이 적절하다고 본다.

2. 지영, "정직한 운동선수"

반칙을 하지 않는 선수들

　　그를 처음 만난 것은 가수 이은미 콘서트에서였다. 2010
년 가을부터 가수 이은미 팀은 탈북자를 초청해 전국 투어를
했다. 당시 나는 콘서트 기획팀에서 전국 탈북자 단체에 연락
해 탈북자를 모집하는 역할을 담당했다. 콘서트에서 가수 이
은미는 "목숨 걸고 북에서 오신 분들과 뭘 할 수 있을지 모르
겠지만 그들을 이 콘서트에 초대하고 싶습니다"라고 말하며

'찔레꽃'을 불렀다. 그의 노래를 듣기 위해 참가한 탈북자들은 500명 정도였다. 지영은 초대 손님 중 한 명이었다.

서울 공연 때 지인이 그를 초대했고 콘서트 이후 식사를 같이하게 되었다. 긴 머리를 질끈 묶은 청바지 차림의 그는 중성적이었다. 키는 다른 북한 여성과 비슷하게 150㎝ 중반 정도지만 처음에는 다른 사람보다 크다고 생각했다. 운동을 했던 전력이 있어서 그런지 성격이 시원시원해 좋은 이야기 상대가 되었다. 그 후부터 그에게 북한 이야기를 자주 듣게 되었다.

지영은 북한에서 국가대표급의 운동선수였다. 그는 탁구, 배드민턴, 스키, 스노보드 등 못하는 종목이 없었다. 그와 야구 캐치볼을 한 적이 있었는데 공을 던지는 속도가 남자 선수 못지않았다. 그의 캐치볼을 받아본 남한 사람들은 "키 작은 여자가 숏을 던지는 속도에 깜짝 놀랐어요"라고 말한다. 그는 몇 년 전까지만 해도 남자 사회인 팀에서 야구를 했고 최근에는 테니스를 시작했다고 한다. 정말 감탄했다. 그에게 함께 무슨 운동을 하자고 하면 "와다 상 잘 못하자나"라며 웃었다. 나에게 운동을 못한다고 말하는 사람은 나의 아버지와 그뿐이다. 자존심이 상하지만 그를 인정할 수밖에 없다.

나는 서른 살까지 미식축구 선수를 했고 십 년 정도 코치 경력도 있어 나름대로 선수의 능력을 보는 눈도 갖고 있다. 이런 경험에 비춰볼 때 그가 스포츠를 제대로 배울 수 있는 환경에서 자랐다면, 그는 남다른 운동 신경과 끈기를 가지고 올림 픽에 출전하고도 남았을 것이다. 하지만 운명은 잔인해서 그 는 굶주림을 피해 중국으로 건너갔고, 전도유망하던 선수 생 활을 포기하게 되었다.

"중국에 있을 때 TV에서 후배들이 아시안 게임에 나오는 모 습을 보았어요."

어느 날 그는 이렇게 말했다. 평소와는 다른 힘없는 목소 리였다.

나는 북한 운동선수를 좋아한다. 남북이 축구 시합을 할 때 도 북한과 일본이 붙을 때도 나는 북한을 응원한다. 이유는 간단 하다. 북한 선수들은 상대 선수의 옷을 잡아당기는 것 같은 비겁 한 반칙을 거의 하지 않는 우직한 선수가 많기 때문이다. 선수가 국가의 위상이나 개인의 승리를 위해 반칙도 불사하는 것이 일 반적이지만 북한 선수들은 전혀 그렇지 않다. 물론 북한에서 열 린 북한과 일본전 축구 경기 같은 경우에는 북한 선수들은 돌격 형 파울을 남발했지만 그때는 특수한 경우였다.

그런 경기 모습을 너무 궁금해서 지영에게 물어본 적이 있다. 지영의 답은 다음과 같다.

"우리 감독님은 반칙까지 해 가면서 이기려고 한다면
차라리 경기를 하지 말라.
선수는 정정당당해야 한다고 말했어요."

북한 사람이라고 해도 승부에 대한 욕심이 없는 것은 아니다. 하지만 북한은 프로 스포츠의 개념이 아직 없다. 북한 스포츠와 선수는 일반 노동자와 비슷한 임금을 지급받으며 사유재산을 전혀 인정하지 않는다. 경기에서 이겨도 그에 상응하는 물질적인 보상이 거의 주어지지 않기 때문에 승리에 대한 집착은 자본주의의 프로 스포츠 세계와 다를 수 있다. 그래도 가장 큰 차이는, 북한은 스포츠에서도 개인보다 팀의 승리를 중요한 가치로 평가한다. 이것이 반칙 유무에 영향을 주는 것 같다. 물론 개인차는 있을 것이다.

반칙을 하지 않는 것은 그의 일상생활에서도 찾아볼 수 있다. 그는 사람을 속이거나 거짓말을 하지 않고 성실하다. 예를 들어 그는 차선 변경 시 반드시 방향 지시등을 켜고 여유 있게 교통 법규를 준수한다.

물론 그는 반칙을 하지는 않지만 가끔 요령을 피우거나 깜찍한 면을 보이기도 한다. 우리 공장에서 일할 때 교통비를 내놓으라고 한다든지 맛있는 밥을 사달라는 말을 거리낌 없이 한다. 그는 반칙은 하지 않지만 "내가 하고 싶은 것은 절대로 포기하지 않아요"라고 말한다.

지영의 반칙하지 않는 성격 때문인지 나는 그와 지금까지 교류를 이어오고 있다. 그는 매사에 직선적으로 정확하게 의사 전달을 한다. 그는 남한에서 살면서 상대방의 '할 수 있다'는 무책임한 말 때문에 피해를 본 것이 한 두 번이 아니라고 말했다. 내가 아직 잘 모르는 것인지도 모르지만 나는 그가 거짓말하는 것을 본 기억이 없다.

그런 그가 나에게 가장 많이 하는 말이 '한우를 사달라'는 말이다. 그가 웃으면서 사달라고 하면 싫다고 거부할 수가 없다. 관계를 길게 유지하기 위해서는 예의가 중요하지만 그는 적절한 선을 지키면서 필요한 것을 요구한다.

남과 북의 교육제도 비교

"학교 교육은 북한이 확실히 좋았다"고 지영은 말한다.

그뿐 아니라 많은 탈북자들이 이구동성으로 학교 교육은 북한이 좋았다고 말한다. 단지 그들은 남한 사회에서 공개적으로 그 말을 하지 않을 뿐이다.

사실 내가 아는 남한 거주 일본인과 외국인들 대부분이 자기 나라보다 남한이 교육 제도가 좋지 않다고 말한다. 남한에서 하는 지식 주입식 교육을 부정적으로 평가하고 있다. 내가 보기에 남한의 국가 교육 제도에서는 학교가 지식만 주입하는 학원과 같다. 교육은 지식 제공만을 위해 있는 것은 아니다. 인생을 어떻게 살아야 하는지 함께 고민하고 친구와의 소통과 관계를 통해 사회로 나갈 준비를 하는 것이 교육의 참의

미이고 지식은 그것을 위한 도구일 뿐이다. 하지만 남한에서는 교육 본래의 역할이 매우 부족하다고 생각한다. 솔직히 내 자식은 남한에서 교육받게 하고 싶지 않다.

지영은 놀랍게도 "북한에서는 내가 하고 싶은 것을 할 수 있었어요"라고 말했다. 그의 말이 많이 놀라웠다. 우리는 북한은 모든 것이 국가의 명령에 따라 이뤄질 것이라고 알고 있기 때문이다.

학창 시절 그는 공부를 싫어했다고 한다. 담임선생이 숙제를 하지 않거나 명령을 어기면 바로 체벌을 주었으니까 공부가 하기 싫어졌던 것이다. 그가 남한에 와서 대학원까지 졸업한 것을 보면 원래 공부에 소질이 없던 것은 아닌 것 같다.

그는 "북한에서 나는 하고 싶은 스포츠를 마음껏 할 수 있었어요"라고 말했는데 그의 경우는 조금 특수할지도 모르겠다.

북한은 소학교(초등학교)와 중학교(중·고등학교)는 재능이 있는 학생을 선출해 '소조' 활동을 실시한다. 소학교에는 음악 소조와 체육 소조가 있었고 중학교는 그 외 물리 소조, 화학 소조, 영어 소조 등 과목별로 소조 활동을 할 수 있다. 그중 학교 체육부는 운동 재능이 있는 학생을 뽑거나 운동하고 싶다고 찾아오는 학생들을 모아 소조를 운영한다. 종목 선택은 학교 체육 선생에 의해 결정되는데 주로 체육 선생의 전공 종목을 배우는 경우가 많다. 소조 활동은 교과 수업이 끝난 후 체육 선생의 지도하에 학교 운동장에서 축구, 배구, 농구, 등 종목별로 기술을 배우고 훈련한다.

학교 체육 소조와는 다르게 지역의 스포츠 센터에서도 스포츠 기술을 배울 수 있다. 학교 소조 활동이 학교를 대표하는 선수를 키운다면 지역 스포츠 센터는 지역을 대표하는 전문 체육 인재를 양성하는 곳이다. 선수 선발 기준은 학교와 비슷해 학교 체육 선생이 선수를 추천하거나 스포츠 센터가 학교를 방문해 선수 선발을 진행한다. 선수 조건으로 정치적 신분은 중요하지 않다. 제일 중요한 것은 스포츠 기술을 배우는 데 비용이 전혀 발생하지 않는다는 것이다. 기술 및 장비 비용은 스포츠 센터가 부담한다. 지영은 지역 스포츠 센터에서 전문 기술을 훈련받았다. 그는 바로 그곳에서 운동을 원 없이 할 수 있었다고 말한 것이다.

영재 교육을 받은 모든 학생이 전문 체육인이 되는 것은 아니다. 하지만 그는 "선수를 그만두면 체육 지도자가 되고 싶었어요"라고 말했다. 남한에서도 선수 생활이 끝나면 체육 지도자가 되는 게 자연스러우니 북한도 비슷한 것 같다. 즉 북한 제도의 선악(善惡)과 그 속에서 살아가는 사람들의 삶을 혼동하면 안 된다는 말이다. 적어도 지영이라는 운동선수가 성장해 온 과정을 보면 북한의 제도가 무조건 나쁘다고 평가할 수는 없다. 나는 오히려 그곳의 도덕적인 수준과 영성은 주목할 만하다고 생각한다.

교육 과정에 대한 사례는 또 있다.

> "중학교 때 '율동체조'를 한 적이 있어요. 김정일의 지시로 시작했거든요. 그때 나와 몇 명의 학생이 율동체조를 먼저 배우고 우리가 반 학생들에게 배워 줬어요.• 처음에는 잘할 수 있는 애들만 연습했는데 그 애들이 연습하다가 모르면 우리를 찾아오는 거예요. 사람들 앞에서 춤출 수 있는 정도가 되었고 내가 배워 준 애들이 대회에 출전해서 상을 받았어요. 그 소식을 들었을 땐 너무 기뻤어요. 그때를 생각하면 지금도 즐거워요."

내 기억으로 그는 스포츠 이야기를 할 때 표정이 가장 밝다. 선수로 성공하는 기쁨과 지도하면서 선수가 성장하는 모습을 보는 것은 다르다고 하는데, 그는 그 기쁨을 알고 있는 것 같다. 그의 리더십을 학교가 인정했는지 잘 모르겠지만 그는 스포츠를 중심으로 학생 생활을 즐기고 보낸 것 같다.

"내가 좋아하는 것을 할 수 있었다"는 말을 다른 탈북자도

• 이후 탈북자들의 진술에 자주 등장하는 '배워 주다'라는 표현은 '가르쳐 주다'와 동일한 의미이다.

에게도 들은 적이 있다. 노래, 춤, 공부 등 분야는 달랐지만 그들은 배우는 것이 즐거웠다고 말한다.

북한은 학교에서 수업이 끝나면 과외 소조 활동을 한다. 누구든 참여할 수 있다.[•] 과외 소조원은 소조 담당 교원[••]이 뽑는다. 소조 활동 중 교원이 보기에 능력이 없다고 판단되면 그 활동을 지속할 수 없다. 학생이 "잘 못해도 좋으니까 참여하고 싶다"는 선택권은 없다. 소조에 가입하고 싶다면 선택 과목의 성적을 올리면 된다. 그러면 소조 담당 교원은 그 학생의 소조 가입을 추진할 것이다. 소조 활동을 하는 데 부모의 재력이 필요하거나 활동비가 들지는 않는다.[•••] 그러니 소조 활동에 큰 문제는 없는 것 같다.

교원이 학생의 학습 능력을 판단하는 제도가 나쁘지는 않다고 본다. 내가 미식축구 코치를 했을 때, 선수가 자신이 좋아하는 포지션을 시켜달라고 요구한 적이 있었다. 코치로서 보기에 그의 능력에 적합하지 않다고 판단했지만, 그럼에도

[•] 누구든 할 수 있다는 증언과 할 수 없다는 증언이 있다. 지역이나 시기의 차이라기보다 학교 차이인 것 같다.

[••] 북한에서는 '교사'를 '교원'으로 표현한다. 때문에 이 책에서는 '교사'를 전부 '교원'으로 표기했다. 일본에서도 교원(教員)이라는 말을 쓰고 있기는 하지만, 일제강점기 때의 말을 쓰는 것과 같은 느낌을 준다.

[•••] 이것은 1980~1990년대 상황이고, '고난의 행군'(1990년대 후반 아사자 250만 명이 발생한 북한의 경제 위기 시기) 이후에는 교원이 뇌물을 받아 선발하는 경우가 많아진다.

불구하고 선수의 의견을 존중했을 경우 잘되지 않았던 경험이 많았다.

지영은 남한에 와서 남북 여성으로 구성된 합창단 활동을 하고 있다. 그가 출연하는 발표회에 여러 번 초대받았다. 합창단은 어머니들의 동아리이고, 남북통일을 바라는 의미에서도 인상이 좋았다. 그가 비록 "노래는 잘 못해요"라고 했지만 상당히 오랜 기간 활동하고 있다. 그는 한 번 시작하면 꽤 오랜 시간 지속하는 편인 것 같다. 북한에서 스포츠를 했던 끈질긴 습관이 영향을 주지 않았을까 생각한다.

북한의 학교 제도가 우수하다는 것을 간단히 설명할 방법은 없다. 다른 기회가 있다면 그때 다시 연구해보고 싶다. 그런데 한마디 핵심을 말한다면 북한에서는 학생 간, 학생 교원 간 다 인간적인 관계가 영호(永好)한 것이 큰 효과를 주고 있다고 보인다.

좋고 싫음

일본인인 내가 볼 때, 한국인들도 좋고 싫음을 강하게 말하는 편이지만 탈북자는 더 강력하다. 물론 지영도 그렇다. 처음 당황한 것은 그의 음식 기호였다. 그는 맛있다는 말도 곧잘 하지만 "맛이 없다"는 말도 자주 한다. 그의 입맛에 진짜 맞지 않는 것 같았다.

그는 화학조미료에 의한 맛을 싫어하는 것 같다. 대신 신선한 재료의 맛이 살아나는 음식을 맛있다고 반응하는 것 같다. 그렇다면 이해가 간다.

지영도 우리 공장에서 일한 적이 있다. 곡물라떼를 생산하는 때였는데 그는 "뭔지 잘 모르겠지만 이번 곡물라떼에서 맛있는 냄새가 나요"라고 말했다. 그의 말을 듣고 확인해 봤더니 재료가 신선했다. 그는 주변에서 나는 냄새에도 민감하게 반응한다.

호불호가 강하다는 것이 어딘가 제멋대로고 강해 보인다는 인상을 주지만 그의 행동을 잘 보면 본인의 감각에 민감하다는 것을 알 수 있다. 그는 인간관계에서도 좋고 싫음이 명확한 편이다. 그것은 본인이 가진 감각과 맞는지 안 맞는지를 민감하게 느끼기 때문에 일어나는 것일 것이다.

그의 호불호에 대해 좀 더 살펴보고 싶다.

나는 탈북자의 특징을 소개할 때 인간관계에 대해 말하는 경우가 많다. 그들은 어린 시절부터 "하나는 전체를 위하여, 전체는 하나를 위하여"라는 도덕관념을 철저하게 교육받으며 자랐다. 이는 북한 헌법에 명시된 것으로 지영도 "사회주의를 가장 잘 표현하는 것이 이 말이라고 생각한다"고 말했다. 학생들은 학교에서 철저하게 전체를 위해 봉사하도록 교육받는다.

물론 이것은 국가에서 강제되는 것이다. 그러나 지영의 경우에는 스포츠 팀을 위해 최선을 다하고 팀이 강해지는 것을 체험했기 때문에 이 표어의 정신을 진실로 느꼈을 것이다. 이기심을 버리고 이타적으로 사는 것이 옳다는 것을 의심 없이 인정하는 것이다. 팀에서 기른 배움은 국가 교육 정책과 동일하기 때문에 그 의식이 더욱 공고화되어 간다.

　그런데 "시합 전에는 나도 '당과 인민을 위하여 반드시 이기겠습니다'라든가 선언을 했는데 밥을 먹든지 일을 하든지 모두 당과 인민을 위하여 해야 한다고 하니 사람 앞에서는 무조건 그렇게 말해야 하는 것으로 생각한 거예요"라고 말한다. 그의 말을 들으면 그들은 로봇처럼 위에서 주입시키는 것을 맹신하는 것이 아니라, 단지 대중 앞에서는 정치적 충성심을 표현해야만 한다는 것을 알 수 있다. 팀에게는 이타적이지만 잘 안 보이는 국가를 위해서 한다는 정신은 없었던 것 같다.

　그는 경험에서 얻은 이타적 정신에서 이탈하는 행동을 극단적으로 싫어하는 경향이 있었다. 그는 북한 사람, 남한 사람을 특별히 구분하지는 않는다. 그가 "또라이"라고 평가하는 사람은 자기 이익을 위해 상대를 해치는 사람, 상대나 집단을 위하지 않고 자기만 위하는 이기적인 행동을 거침없이 하는 사람이다.

우울증

나는 밝고 긍정적이고 적극적인 지영을 우울증과는 상관 없는 사람이라 생각했다. 그가 나에게 "의사 선생이 당분간 사람을 만나지 말고 마음을 추스르는 게 좋다"고 말했다던 시기가 있었다.

그는 "내가 대인 관계를 잘못하고 있는 걸까요?"라며 힘든 상황을 설명했다. 내가 보기에는 그의 잘못이 아니라고 판단되었지만 의사가 당분간 사람을 만나지 말라고 진단했다니 별 수가 없었다. 그 시기 그는 나에게도 연락을 하지 않았다.

그는 21살 때 중국 브로커에 속아 중국에 팔려가고 운동 선수의 꿈을 빼앗겼다. 중국에 있는 동안 고향에 있는 부모와 연락을 취할 수 있었지만 얼마 지나지 않아 사랑하는 아버지가 사망했다는 소식을 들었다. 그 소식을 들었을 때 땅을 치며 울었다고 한다. 그 후 건강이 나빠졌다. 지금은 결혼 생활을 하고 있지만 아이는 없다. 모든 탈북자가 그렇지만 그도 힘든 과정을 거쳐 남한에 입국해 낯선 곳에서 정착을 시작해 열심히 살아가고 있다. 지금은 우울증이라는 힘겨운 과정을 겪고 있지만 잘 이겨낼 수 있을 거라 생각한다.

탈북자 중에 "남한 사람을 믿지 않는다"고 말하는 사람이 많다. 내가 아는 탈북자 중 90%는 그렇다고 나는 본다. 남한 사람을 믿지 못하는 이유는 다양하겠지만, 가장 큰 이유는 문화와 가치관의 차이 때문일 것이다.

또 "북한 사람과 별로 사귀고 싶지 않다"는 탈북자도 적지 않다. 이유는 탈북자의 대부분은 성인이 되고 나서 북한을 떠났다. 그들은 자본주의 원리에 근거한 충분한 교육을 받은 적이 없다.

여기서 굳이 '자본주의'라는 말을 사용하는 이유는 북한은 '자본주의란 자본가가 자신의 이익을 위해 노동자를 착취하는 제도'라고 가르친다. 그러므로 탈북자들은 자본주의는 '전체의 이익을 우선하지 않는 이기적인' 제도라고 이해하는 경우가 많다. 실제로 탈북자들은 어렵게 도착한 남한에서 그런 제도의 차이를 자주 목격한다.

그들은 개인의 자유의지가 이기적인 것이라고 착각한다. 내가 보기에 개인주의와 이기주의를 정확하게 구별할 수 있는 탈북자는 별로 없는 것 같다. 이를 혼동한 탈북자 중에는 자유주의가 제멋대로 살아도 되는 권리라 여기고 사회에서 일탈하고 불법 행위를 저지르는 사람도 있다.

즉, 탈북자 중에는 자유를 잘못 이해한 사람이 적지 않다는 뜻이다. 어릴 때부터 보고 배운 감각이 아니기 때문에 어쩔 수 없다지만 어찌 보면 자본주의를 흉내내려다가 균형이 잡히지 않은 느낌이 든다.

이야기가 길어졌지만 자본주의의 자유의지를 잘못 이해한 탈북자 친구로부터 지영은 많은 상처를 받았다. 오랫동안 알고 지내며 의지하던 친구의 이기적이고 지속적인 무례함이 그는 괴로웠다고 한다. 양심적으로 살아가려는 그의 세계관에 자유주의를 방자한 이기주의를 보는 것이 견딜 수 없었을 것이다.

그의 대학원 장학금 면접에서 이런 일이 있었다. 면접관이 그에게 대학원에 진학하려는 동기를 물었다. 그는 "탈북자들을 위해 할 수 있는 일이라고 하고 싶어서"고 답했다. 면접관은 그렇게 하는 탈북자는 많지 않다며 그를 격려했다고 말한다.

탈북자들은 북한에서 강제한 가치관 안에서 살아 왔다. 그리고 지금은 언어만 같고 가치관이 전혀 다른 남한이라는 세상에서 살고 있다. 많은 탈북자들은 그런 환경에서 고통스럽게 살고 있는 것이다. 그런데 이 전혀 다른 두 가지 가치관을 잘 소화한다면 '통일 한국'이라는 새로운 시대로 향하는 데 매우 큰 역할을 할 것이다. 실패로부터 다시 배우고 일어서는 일을 우리는 경험해 왔으니까.

3. 영희, "순수한 모범생"

당과 수령에 충성한 모범생

처음으로 '북한 사람이 이렇게 순수하다'는 것을 영희를 보며 느꼈다. 그는 동국대 북한학과 후배로, 기계 제조업체에서 7년째 설계를 하고 있다.

영희는 출신 성분이 좋아 할아버지대부터 당 간부 집안에서 태어났다. 학교 시절에는 소년단위원장을 하며 학교 대표로 평양에서 진행하는 학생 대회에도 참석했다. '소년단'이라는 제도가 남한에는 없기 때문에 비교할 수는 없지만 학교 학생회장이라고 생각하면 좋을 듯하다.

그는 출신 성분이 좋았지만 부유층은 아니었다.

"동네에서 우리 집이 가난한 건 누구나 알고 있었어요."

당 기관에서 하라는 대로만 살면 가난할 수밖에 없다는 말이다. 그는 "할아버지는 김일성의 위대성을 기록한 책들만 주구장창 읽었고 주무실 때도 책을 머리맡에 두는 분이었어요"라고 말한다.

그의 부모는 김일성을 숭배하고 그에 관한 이야기와 전

설을 그대로 다 믿고 있었다. 김일성 자서전 『세기와 더불어』 등을 읽어보면 알 수 있지만 그 책에 그려진 김일성은 예수님과 부처님 그 이상의 인물이다.

당시 그는 할아버지의 이야기를 들을 때마다 '김일성 수령님은 최고의 이상과 인격을 가진 위대한 분'이라고 확신했다. 할아버지는 『세기와 더불어』에 나오는 모든 이야기를 진실 이상으로 믿었고 김일성을 가족처럼 그리워했다. 그것이 할아버지의 사상이 되고 손녀인 영희에게까지 큰 영향을 미쳤다. 그는 김일성의 가르침을 따르는 모범생이 되고 소년단위원장이 되었다.

그의 할아버지와 가족 모두는 김일성과 김정일을 진심으로 숭배했다. 그들을 가리켜 바보 같다고 말할 사람도 있겠지만 영희도 그의 할아버지도 순수한 사람들인 것 같다.

영희의 이야기를 들어 보자.

"가끔 공개 처형이나 재판을 하는 날이면 죄수를 실은 화물차가 마을을 순회했는데 화물차 뒤에 죄수들이 자기 죄명이 쓰인 나무판자를 들고 있었어요. 학교에서 공개 처형 장면을 무조건 참관하게 했는데 우리는 학교에서 시키는 대로 처형 장면을 봤어요. 그들이 처형당하는 것은 원수님을 역행하고 죽을죄를 지었으니 처벌받는 게 당연하다고 생각했어요."

"김일성이 현지지도하는 기록영화에서 살이 너무 쪄서 무겁게 걸어가는 모습을 봐도 '우리 인민들을 위해 얼마나 애쓰셨으면 그 바쁜 일정을 소화하시다가 얼굴이 많이 상했을까'라고 믿고 '원수님 너무 고맙고 정말 미안합니다'라고 생각했어요."

"탈북하고 중국에 있었을 때였어요. 내가 집안의 맏이여서 가족을 먹여 살릴 돈을 벌어 돌아간다고 중국에 갔거든요. 그게 영영 돌아갈 수 없는 길이 될 줄은 꿈에도 몰랐죠. 중국에서 조국이 나를 배신자로 낙인찍었다는 생각에 너무 슬퍼서 편지를 쓰기 시작했어요. 구구절절 저는 조국을 배반하려고 중국에 온 게 아니라고, 굶어 죽어가는 가족을 구하고자 넘어온 건데 다시 넘어가자니 조국 앞에 당당히 설 자신이 없고 처벌이 두려워 가지도 못하고 중국에서 그냥 사는 거라고, 당과 수령, 조국과 인민에게 너무 미안하다고, 나중에 중국 주재 북한 대사관 안에 던져 넣으려고 썼어요. 지금은 중국에 있지만 언젠가는 반드시 장군님을 위해 노력하겠다 등의 참회의 편지를 썼죠. 처음 중국 넘어갔을 때 중국 사람들이 김일성이나 김정일을 욕하면 그 사람에게 화도 냈어요. 그런 마인드가 사라지기까지 6년 정도 걸렸어요."

이 외에도 그는 많은 이야기를 했다. 그의 살아온 과정을 알고 나면 이상하기보다 영희의 순수함이 더 소중하게 느껴진다.

애국심의 붕괴

그는 지금은 "애국심이나 숭배심은 내 사전에 없다"고 말한다.

북한이 말하는 애국심이란 '국가를 위해 목숨을 바칠 의지'를 말한다. 남한 사람들이 생각하는 한일전 스포츠 경기 때 시청 앞 광장에서 한국을 응원하는 정도의 애국심이 아니다.

굶주림을 피하기 위해 탈북한 자가 '나라를 버린 배신자'로 처벌당하는 것을 경험하게 되면, 인생을 걸었던 애국심은 사라진다. 그것은 국가라는 것에 대한 애정 자체가 사라지는 것을 의미한다. 그래서 물론 한국인으로서의 애국심도 없어지는 것이다.

> "정치가에 대한 신뢰가 전혀 없어요. 북한도 남한도 똑같아요."

영희만 이렇게 생각하는 것이 아니겠다.

그런데 자세하게 보면 일반적으로 북한 인민의 애국심은 너무 추상적인 개념이라는 것을 알게 된다. 북한 당국은 "나라 전체를 사랑하라"고 강조하지만 막상 인민이 나라를 사랑할 기회는 별로 없는 것이다. 알고 있듯이 북한은 이동의 자유가 극히 제한적이어서 다른 지역에 다녀오려면 지역 관리 시스템의 허락을 받아야 한다. 탈북자 대부분은 "내가 살고 있는 동네 밖에 몰라요"라고 말한다. 자본주의 나라에 사는 우리는 전국 각지 어디든 여행하며 누구든 만날 수 있다. 그래서 '전국'이라는 말은 우리 눈과 귀에 익숙하다. 그러나 북한 인민의 애국심은 국가의 명령으로 만들어진 것일 뿐 인민의 삶과 현실과 동떨어진 추상에 가깝다. 그 추상적인 것에 목숨을 걸기까지 의식이 고취되는 것은 부자연스럽다.

원래 사랑이란 마음에서 나오는 것이 참된 것이고 자연스럽다. '효도'를 예로 들어 보자. 자식은 부모의 사랑을 충분히 받는 게 중요하다. 부모로부터 무한한 사랑을 받았다는 마음이 충만하게 자리 잡으면 자연스럽게 감사의 마음이 생기며 그 답례로 부모를 사랑하게 된다. 그것이 효도이다. 사랑은 강요나 교육에서 나오는 것이 아니라 경험에서 나오는 것이다. 하지만 북한 사회는 애국심을 강요한다. 사랑에 대한 교육만 있고 경험이 없이 강요하는 힘은 약하다. 강요는 반발심만 키울 뿐이다. 사랑은 교육으로 되는 것이 아니라 애정이 담긴 마음에서 행동으로 나타나는 것이다.

그래서 북한 인민에게 애국심이 어떻게 심어지는지 궁금했다. 영희를 포함한 다른 탈북자와의 대화를 통해 알게 된 것은 다음과 같다.

학교와 지역 사회를 비롯한 공동체는 서로 부대끼며 애정을 쌓아가고 있다고 보인다.

가족 관계는 비정상적인 국가 제도하에서도 다른 동양 국가와 마찬가지로 깊은 관계를 맺고 있다. 오히려 남한이나 일본보다 더 끈끈한 가족 관계를 맺고 있다는 인상을 받을 때도 있다. 그러나 사람마다 차이가 있어, '적어도 차이가 있다'로 일단 언급하려고 한다.

북한 인민은 부모와의 관계를 기초로 학교에서 교우와의 관계, 교원와의 관계를 형성하고 소규모의 지역 사회에서도 건강한 대인 관계를 형성하고 있다고 보인다. 이것을 국가가 '애국심'이라는 이름으로 무리하게 확대 해석시킨 것이 북한 집단주의의 핵심이 아닌가 싶다.

국가에서 배신당한 탈북자들은 애국심 따위는 버렸다고 말한다. 북한에서 교육받은 애국심은 원래 가짜이기 때문에 쉽게 무너져도 그다지 놀랍지 않다. 그러나 가정이나 고향을 비롯한 지역 사회에 대한 애정은 인위적으로 지울 수 없다.

나는 영희에게 '당신의 대표가 직원을 위해 최선을 다한다면 당신도 그 회사를 위해 최선을 다하겠느냐'고 물었다. 그는 당연하다고 답했고 자기가 일한 만큼 돈을 받겠다든지 더 이상 상사를 못 믿겠다는 말은 하지 않았다.

내가 영희에게 메시지나 전화를 하면 그에게 별다른 일

이 없는 한 보통 몇 분 안에 답장이 온다. "왜 그렇게 빨리 답을 했느냐"고 내가 물어봤을 때 그는 "우리를 위해 애써 주시니까 이 정도는 당연하죠?"라고 말했다. 그의 성격이라고 생각할 수도 있지만 북한의 가족과 학교생활에서부터 보고 배운 인간관계의 산물이 아닐까 생각된다.

동무 생각, 교우 관계

영희는 수학을 잘한다. 북한에서는 교원이 공부를 잘하는 학생에게 못하는 학생을 붙여 공부를 가르치게 한다. 최근에는 그런 관습이 무너지고 있다고 하지만 '고난의 행군•' 이전에 학교 다녔던 탈북자들은 대체로 그것에 동의한다.

영희의 담임은 그에게 귀국자의 딸을 붙여 주었다. '귀국자'는 일본에서 북한으로 이주한 사람을 부르는 이름이다. 귀국자 중에는 일본에 있는 친척을 통해 꾸준한 경제 지원을 받아 잘사는 사람이 많았다. 영희는 귀국자 2세인 '향미'라는 친구와 짝꿍으로 사이좋게 지냈다.

북한은 급식 제도가 없기 때문에 대부분 점심은 집에 가서 먹든지 도시락을 싸 온다. 영희는 가정 형편이 어려워 도시

• 아사자 250만 명이 발생한 1990년대 후반 북한에서 발생한 대기근과 경제난 시기. 김일성 사망, 다른 사회주의 국가의 몰락, 계속된 자연재해 등이 동시에 일어났다.

락을 싸 가지 못했다.

"점심시간에는 밖에 나가서 혼자 시간 보냈어요. 외로웠어
요. 나를 비롯해 도시락을 못 싸오는 아이들이 여럿 있었어요."

그때 향미라는 아이가 그에게 도시락을 내밀었다. 향미
의 어머니는 딸의 행동을 마땅치 않게 여겼다고 한다. 영희가
도시락을 받고도 가난한 탓에 대가를 주지 못했기 때문이다.
그럼에도 향미는 담임선생님에게 주는 거라며 엄마를 속여 영
희에게 도시락을 내밀었다.

"왜 향미는 엄마를 속이면서까지 영희에게 도시락을 주었
을까?"

나의 질문에 영희는 "불쌍하니까 그랬겠죠"라고 웃었지만
그게 전부는 아닌 것 같다. 북한의 학생들은 공부 이외에도 다
양한 사회 활동에 참여한다. 농촌에 나가 묘를 심고 벼를 베는
농사일에 참여하고 지역 사회와 건설 현장에서 노동을 한다.
학생들은 육체적으로 힘든 과정을 함께 겪으며 교우 관계가
깊어진다. 이런 과정 때문에 영희와 향미는 더 끈끈한 사이가
되었을 것이다.

영희는 노래를 잘한다. 고등중학교 4학년 때 그는 영재 시설인 학생소년회관에 뽑혀가게 되었다. 학생 간부인 데다 공부도 잘해서 학교에서 반대했지만 회관에서 그를 가수로 키우겠다고 약속하고 데려갔다고 했다.

그는 학교 수업이 끝나면 학생소년회관에서 노래 교육을 받았다. "사실은 노래보다 춤을 더 하고 싶었지만 회관 선생이 너는 춤보다 노래에 재능이 있다고 해서 노래 교육을 받게 됐어요"라고 말했다. 하지만 가정 형편이 어려워진 후 영재 교육은 영희에게는 사치였다. 그는 식량을 얻기 위해 엄마 대신 시장에 나가는 날이 많아졌다.

"소년회관은 외부에 있어서 수업이 끝나고 내가 어디 가는지 학교는 모르거든요. 그래서 회관 가는 시간에 배낭 메고 장사를 다녔어요."

그는 타고난 재능이 있었지만 어려운 가정 형편 때문에 그 재능을 펼칠 수 없었다.

도시락을 내어 주던 아저씨

영희가 북한 생활에서 가장 인상에 남은 일로 이런 이야기를 해 주었다.

　　나는 여동생과 함께 장사를 위해 먼 시골로 돌아다닐 때였습니다. 하루이틀 아무것도 못 먹고 굶은 채 어느 기차역에서 언제 올지 모르는 기차를 기다리고 있었습니다. 그때 옆에 있던 한 아저씨가 도시락을 꺼내 먹으려고 하셨어요. 나의 시선이 도시락으로 향하자 그 아저씨가 조금 나누어 주었습니다. 너무 고마워서 '고맙습니다' 하고 섰는데 아저씨가 '왜 안 먹어?'라고 물었어요. 한참 머뭇거리다가 '저쪽에 동생이 있어서 그래요' 하고 동생 있는 쪽을 가리켰습니다. 너무 미안해서 동생이 있다는 말을 못했는데 아저씨가 왜 이제야 그 말을 하냐고 추궁하시더니 동생 손을 잡고 와서 자기 도시락을 우리에게 모두 내놓으셨어요. 지금도 그 아저씨의 모습을 잊을 수가 없답니다.

　북한은 서로 돕는 정신이 강하다. 특히 고난의 행군처럼 어려운 시기 서로 돕고 극복해 온 이야기가 수없이 많다. 타지에서 얼굴도 모르는 사람에게 도움을 받은 이야기는 다른 탈북자들에게서도 자주 들을 수 있다.

　250만 명의 아사자가 생기던 1990년대 후반• 일본인 여성들도 많은 피해를 당했다고 한다. 이들은 1960년대에 재일 조선인 남편을 따라 북한에 건너간 사람들이다. 일본 친족에

• 고난의 행군 때 발생한 아사자 수치에 대한 공식적인 기록은 없다. 250만 명이라는 추정은 내가 아는 북한 고위 간부 출신 탈북자 남성이 한 언급에서 나온 수치이다.

게서 도움을 받는 여성은 괜찮지만 그렇지 못한 일본인들이 변을 당했다고 한다. 일본 여성들은 먹을 게 없으면 도와달라는 말을 못하고 가만히 집에서 굶어죽었다고 한다. 모두가 가난하던 시기 남에게 피해 주는 것을 못해 죽어 간 그 마음을 일본인인 나는 이해할 수 있지만 다르게 보면 그만큼 인간관계가 나약하다고도 볼 수 있다. 남한에 사는 탈북자 중에 도와달라는 말을 못해 힘들어 하는 사람이 없길 바란다.

가족

영희와 아버지의 관계는 좋지 않았다. 가정에서 받은 애정을 확대 해석해 애국심이라 부른다고 했지만 영희의 경우는 조금 다르다.

내가 인터뷰한 탈북자 중에 스스로 가족 관계가 나쁘다고 말한 사람은 많지 않다. 북한에서의 추억 중에 가족 관계가 좋았다고 말한 사람이 절반 이상이다. 일부러 가족 이야기를 하지 않는 사람들도 있긴 했지만 그들 역시도 자세히 들여다보면 가족을 좋게 생각한다고 보인다.

영희가 아버지에 관해 한 말 중에 잊히지 않는 것이 있다.

"아버지는 원래 가부장적이었는데 우리 집엔 딸만 셋이었어요. 그게 못마땅했던 건지 아버지는 우리가 조금이라도 잘못하면 심하게 때렸어요. 나는 왜 태어나게 해서 이렇게 괴롭힐까 하는 생각을 많이 했어요. 먹을 게 없을 때도 아버지는 쌀밥을 먹겠다고 행패를 부렸어요. 엄마와 아이들은 죽도 못 먹었는데 말이에요."

아빠는 상당한 미남이었고 주변 여성들에게 인기도 많았다. 하지만 부모의 뜻에 따라 무던하고 건강한 여성과 결혼했다.

"집안일은 거의 엄마가 했어요. 7명이나 되는 아버지 동생들의 결혼 준비를 어머니 혼자 했어요. 북한은 가부장 제도가 강하기 때문에 당연한 일이었어요. 특히 남자는 집안일을 거의 하지 않아도 전혀 이상하지 않아요."

그의 말에 의하면 어머니는 남편이 무서워 남편이 딸들을 때릴 때 아이들 편을 들 수 없었다고 한다. 영희의 어머니는 남편의 폭력이 무서워 자식에 대한 사랑을 충분히 표현하지 못한 것이 아닌가 생각된다. 그는 "우리 집은 지옥이었고 학교가 천국이었다"고 어린 시절을 회상했다.

그의 경우 가족 안에서 받지 못한 사랑의 관계를 학교와 지역 사회에서 경험했다는 말이 된다. 그의 경험에 비추어볼 때 가족 관계가 나쁜 아이도 학교와 지역 사회가 대신 애정을 줄 만큼 관계 형성이 좋았다고 볼 수 있다.

> "동네의 어른들이 한마음으로 아이를 사랑하고 있었던 것 같
> 고. 어제는 이 집에서 자고 내일은 저 집에서 자고… 그런 식으
> 로 다 우리 집처럼 했었어요."

나는 지역 사회에서의 대인 관계가 매우 중요하다고 생
각한다.

> "어느 날 친구 집에서 자고 있는데 친구네 아버지가 밤늦게
> 들어오더니 자기 애만 깨워 맛있는 간식을 먹이는 거예요. 당
> 시 우리 집은 늘 가난해서 배가 고팠는데 맛있는 냄새에 정신
> 이 번쩍 뜨였어요. 하지만 나는 눈을 뜰 수가 없었어요. 깨지
> 않은 척, 깊은 잠을 자는 척 하면서 얼마나 슬펐는지 몰라요."

중국으로 탈북한 영희는 장사를 하면서 돈을 모아 북한
에 살던 어머니와 동생들을 중국으로 데리고 왔다. 그의 가족
은 아버지(사망) 외에 모두가 남한에 살고 있다. 그가 비록 말로
는 표현한 적 없지만 가족을 사랑하는 마음이 충분하다고 보
인다.

> "저희 가족은 운이 좋아 남한까지 오게 되었어요."

그는 자기 이야기를 할 때 담담한 편이고 자랑은 거의 하지 않는다. 그는 묻지 않는 말을 막 떠벌리는 성격이 아니어서 내가 잘 모르는 사실도 많을 것이다.

4. 순희, "가장 평범한 북한 사람"

부유한 유년 시절

순희뿐만 아니라 탈북자들 중에는 "나는 특이하거나 이상하지 않고 그냥 평범해요"라고 말하는 사람이 많다. 그는 내년이면 40세가 되는데 탈북자 같을 때도 있지만 남한 사람처럼 보일 때가 많다. 그는 20대 후반에 남한에 왔다. 탈북자가 남한에 오는 나이가 어릴수록 남한 사회에 적응하는 속도가 빠르다. 그래서 그런지 그는 북한에서 왔다는 분위기가 거의 없는 편이다.

그는 탈북자 친구가 별로 없다고 한다. 탈북자들 중에 탈북자 친구가 별로 없다는 사람이 이외로 많다. 남한 사회에 정착을 잘할수록, 남한 입국 연령이 낮을수록 고향 친구보다는 남한 친구를 많이 사귀는 것 같다. 사회주의 사회에서 오래 살다 온 사람은 그곳 환경에 익숙해 있기 때문에 새로운 것을 배우거나 개척해 나가는 데 어려움을 겪는 경우가 많다. 고난의 행군 시기 어쩌다 중국으로 팔려 가고 중국 호적을 갖지 못해 숨어 지내다가 남한에 온 탈북자 중에는 새로운 환경에 적응하고 개척해 나가기보다 국가의 생활보조금에 기대어 사는 사람이 많다. 그들은 국가의 기초수급비에 의존하고 일을 하지 않거나 탈북자를 지원하는 곳에 찾아가 손을 벌린다. 또 사회를 배우려는 노력을 하지 않고 탈북자들끼리만 소통한다. 순희는 그런 의존성이 강한 사람과 교류하고 싶지 않다고 한다.

노래를 좋아하는 그는 2000년 이후 드라마의 주제가나 발라드 노래를 많이 듣고 좋아하는 것 같다. 평범하게 옷을 입고 친구에게 구입한 경차를 타고 공장과 식당 아르바이트를 한다. 그는 "저의 엄마는 키 컸는데 나는 155㎝밖에 안돼요"라거나 "요새 살이 쪄서 다이어트 해야겠지" 하면서도 과자를 자주 먹는다. 그는 남한에 입국한 지 10년 정도 되었다.

그는 다른 탈북자와 조금 다른 면이 있다. 그는 북한에 살 때 가난하게 살지 않았다고 말한다. 직업 군인인 아버지와 큰 기업소에 근무하는 어머니 덕에 풍족하게 살았다.

"우리 집은 엄마와 아버지가 큰 게와 생선, 빵 같은 걸 자주 가지고 왔어요."

학교에서의 과제●가 생기면 엄마가 일하는 공장에 찾아 갔다. 큰 기업체의 간부인 어머니를 만나기 위해 회사 경비실을 찾아가면 경비실 아저씨가 어머니 사무실에 딸이 온 것을 전화로 알린다. 어머니에게 과제물에 대해 알리고 돌아오면 저녁에 퇴근할 때 필요한 물건을 가져왔다고 했다. 그는 북한에서 부족한 것 없이 생활했다. 놀고 싶을 때 놀고 공부도 하고, 먹고 싶은 것은 마음껏 먹으며 만족스러운 유년 시절을 보냈다. 그 스스로는 '평범하다'고 해도 그처럼 풍족하게 살았다는 탈북자는 그리 많지 않다.

약속을 잘 지키는 사람

순희는 약속은 잘 지키는 편이다. 내가 아는 탈북자 중에 일단 '만날 시각'이나 약속을 지키려고 하는 사람이 30~40% 정도이고 그는 거기에 속한다. 그는 약속을 잘 지키는 사람이다. 그는 우리 공장에서 일한 1년 반의 기간 동안 지각을 한 적이 거의 없다. 자기 차로 출퇴근 하는 장점은 있기도 했지만 어떤 날은 30분 일찍 출근하기도 했다. 남한 사회에서는 '길이 막혀서 늦었

● 경제 상황이 어려운 북한은 학교 운영이나 지역 사회에서 필요한 것을 학생들에게 할당량을 주어 거둬들인다. 예로는 토끼 가죽, 파철, 파지, 콩, 구기자, 장갑, 자갈, 삽, 돈 등으로 다양하다.

다'거나 변명하는 사람이 많지만 그는 지각 자체를 싫어한다.

우리 공장에는 일본, 남한, 북한 사람들이 일을 한다. 살아 온 문화와 생활 양식이 다른 사람들이 소통에 어려움이 있지 않을까 싶지만 그들 나름대로 서로를 이해하고 수용하며 관계를 유지한다. 나는 각기 다른 환경에서 살아온 사람들이 주어진 상황에서 각자 어떤 생각과 표현과 행동을 취하는지 알고 싶어서 작업 지시를 전달하는 것 외에는 그 어떤 것도 터치하지 않으려고 한다. 우리가 하는 작업이 몸으로 하는 단순 노동이기 때문에 수다나 대화가 가능하고 그 속에서 각자의 생각과 생활 태도를 엿볼 수 있다.

어느 날 작업이 끝나고 모두가 퇴근 준비를 하고 있었다. 순희가 작업장을 나오지 않고 서 있어서 내가 퇴근 안 하느냐고 물었다. 그는 "오늘 15분 늦게 왔으니까 15분 더 일하려고요"라고 말했다. 돌아가도 괜찮다고 말하려다가 아직 작업물이 남아있어서 그냥 하도록 허락했다. 그날 그는 30분 더 일을 했다.

그는 "지각했으니까 늦은 시간만큼 일하는 게 편해요"라고 말한다. 북한은 모두가 동일하게 일을 하기 때문에 출근을 하지 않으면 처벌을 받거나 처벌을 면하려면 직장에 돈을 내놓아야 한다. 그런 환경에서 살아온 그의 행동이 이해가 된다.

미안함을 느끼거나 표현하는 방식이 사람마다 다르지만 그는 자신이 살아온 문화권에서 했던 방식으로 자기표현을 한

그는 자신이 성장해 온 과정에 대해 이야기를 시작했다. 지금까지 탈북자들의 성장 과정이나 탈북 이야기를 들으며, 이들이 평범한 인간은 상상할 수 없는 험난한 과정을 겪었다고 생각했었다. 하지만 그의 이야기는 그 모든 탈북 이야기 중 가장 비참했다고 할 수 있다.

희경 씨는 1978년 평안북도에서 태어났다. 철이 들었을 때 아버지는 매일 술을 찾고 마시는 사람이었다. 아버지는 집안의 전기 제품, 가구, 가마솥까지 돈이 되는 물건은 모조리 술과 바꿔 마셨다. 어린 시절 그에게 집은 편안한 곳이 아니었다. 하지만 14살이 되면서 그 집마저 사라졌다. 어쩔 수 없이 그는 '꽃제비'가 되었다. '꽃제비'는 북한에서 '거지'를 표현하는 단어이다.

1993년, 14살이 되던 해였다. 북한은 1990년대 중후반 고난의 행군이 시작되었다.

그 시기 자신을 보호해 줄 부모와 집이 없는 어린 여자아이가 어떻게 살아남았는지 상상이 가지 않는다. 어린 희경은 길가에 쓰러져 죽어가는 사람을 보면서 "어차피 죽을 거라면 하얀 쌀밥 한 그릇 배불리 먹고 죽고 싶다고 생각했어요"라고 말했다. 그런 의지를 갖고 국경을 넘었을 때 그의 나이 20살 봄이었다.

10개월 후 알게 된 남자의 비밀

그 시기 국경을 넘어오는 북한 여성을 기다리는 자들이 있었다. 바로 북한 여성을 중국 남자에게 팔아넘기는 '브로커'라고 불리는 인신매매업자였다. 남의 나라에서 언어를 전혀 알아들을 수 없는 북한 여성이 생존하려면 인신매매를 당하는 것이 거의 유일한 방법이었다. 수많은 탈북 여성이 브로커에 의해 인신매매를 당했고 또 그렇게 생명을 지킬 수 있었다.

언제나 배가 고팠던 희경 씨는 입 안 가득 쌀밥을 먹는 것이 소원이었다. 밥을 배불리 먹게 해 준다는 남자를 따라 도착한 곳은 하얼빈에서 서쪽으로 100㎞ 정도 떨어진 농촌 마을이었다. 배불리 먹을 수만 있다면 거리는 문제되지 않았다.

탈북 여성들은 대체로 중국 농촌의 남자에게 팔려갔다. 탈북 여성을 원하는 남자는 대부분 가난하거나 알코올 중독, 놀음(도박)에 빠진 남자도 많았다. 다행히 가난하지만 열심히 사는 사람에게 팔려가 집안을 일구고 자녀를 잘 키우는 탈북자도 더러 있었다. 중국 남자의 폭력을 피해 도망 나오거나 여러 가지 이유로 집을 나와 도시의 유흥업소에서 돈을 버는 탈북 여성도 있었다. 이들은 모두 낯선 남의 나라에서 신분도 없이 힘겹게 생존했다.

브로커는 남자 고객의 요구에 따라 탈북 여성의 나이와 외모를 따진다. 당시 희경 씨는 오랜 굶주림과 꽃제비 생활로 외형이 깡마르고 키도 작아 그들이 원하는 등급에 들지 못했다고 한다.

> "브로커는 처음에는 여자면 아무라도 괜찮다고 말했어요. 하지만 나를 보자마자 돌아섰어요. 나중에 내 나이를 듣고는 깜짝 놀랐어요."

브로커가 그를 데려간 집에는 장애를 가진 30대 초반 남자가 살고 있었다.

남자는 말을 거의 하지 않았다. 중국어를 전혀 모르는 그가 남자에게 지적 장애가 있다는 것을 알게 된 것은 10개월 후였다. 그 무렵 그는 딸을 임신했다. 밥 한 그릇 먹고 싶어 넘어온 이국에서 지적 장애가 있는 남자를 만나 아이를 가진 것이다. 하지만 그의 모성은 위대한 것이어서 희경 씨는 딸을 위해서라도 살아야 한다고 굳게 다짐했다.

3~4년이 지나자 이제는 중국어를 문제없이 할 수 있었고, 5년째에는 한국에 갈 수 있는 길이 있다는 것을 알게 되었다. 그는 지적 장애가 있는 남자와의 미래가 도무지 그려지지 않

아 딸과 함께 떠나기로 결심했다. 어린 딸에게 우리말을 가르쳐 유일한 벗이요, 친구가 되었다. 그는 3년 동안 한국으로 떠나기 위한 자금을 모았다. 딸이 8살 되던 어느 날, 그는 딸의 손을 잡고 집을 나섰다. 떠나기 전 남편에게 한국에 가겠다고 말했다.

> "남편은 슬픈 표정을 지었지만, 내 마음을 이해해 줬고 그 일을 아무에게도 말하지 않았어요."

그 시기 몽골을 통해 한국으로 입국하는 탈북자가 많았다. 그는 한국행을 기다리는 몽골 대사관에서 지영을 만났다.

> "지영이 몽골에 도착한 건 나보다 1주일 후였어요. 당시 몽골 사막에 한파가 들이닥쳤는데 그때 온 탈북자들 중에 동상에 걸려 발가락을 잃은 사람도 있었어요. 만약에 나도 지영이랑 같은 시기에 몽골에 왔다면 우리 딸은 어떻게 됐을지 생각하기도 싫어요. 우린 운이 좋았어요."

그의 이야기가 여기서 끝났다. 그는 상상하기 힘든 고난의 시간을 견뎌 왔지만 자기 인생을 이렇게 만든 누군가를 욕하거나 탓하지 않았다. 그 역시 그저 담담하게 자기 인생을 이야기할 뿐이었다.

친구가 자랑스럽다

"그럼 좋았던 일이나 즐거웠던 추억은 들려줄 수 있나요?"

희경 씨는 이야기 흐름을 바꾸기 위해 던진 질문에 아무 것도 아니라는 듯이 웃었다. 몇 초 동안 무슨 말을 할까 망설이던 그는 지영을 비롯해 탈북하면서 만난 친구들에 대해 이야기를 시작했다.

"능력도 학력도 아무것도 없는 나인데 대학 다니고 대학원을 나온 친구가 언제나 나를 친구로 생각하는 게 감사해요. 같이 밥 먹거나 여행을 갈 때 나를 빼놓지 않고 불러 주거든요. 나는 그 친구들이 자랑스러워요."

지영이 친구들과 적금을 부어 해마다 그룹 여행을 간다고 말한 적이 있는데, 그 그룹에 그도 있다고 했다. 희경 씨는 최근 경차를 사 서울까지 운전해 가기도 한다. 탈북자들은 여행을 좋아한다. 북한에서는 여행증명서(허가서)가 없으면 여행을 할 수 없기 때문에 이곳에서 자유롭게 다니는 것이 좋을 것이다.

희경 씨의 친구 그룹에는 6명의 탈북자가 있다. 하나원•
동기 3명, 지영의 고향 친구 3명이다. 탈북자가 남한에 입국하
면 하나원에서 정착 교육을 받는다. 하나원에 함께 입소하는
동기를 가리켜 '하나원 동기'라고 부른다. 하나원 동기들은 하
나원 교육을 받는 3개월 동안 남한의 법률 지식을 배우고 직
업 교육을 받는다. 동기생들은 죽을 고비를 같이 넘어온 이들
과 가족보다 진한 친구가 되고 마음에 맞는 친구끼리 같은 지
역에 집을 배정받아 자매처럼, 가족처럼 끈끈한 관계를 이어
가기도 한다. 이들은 하나원 졸업 후에도 종종 만나 교류를 이
어 간다. 희경 씨와 지영은 하나원 동기생이다.

나중에 지영에게 '희경이 너를 자랑스럽다 하더라'고 전
했더니 "걔는 뭐 그런 말을 한대. 눈치 보지 말고 자신감을 가
지고 살았으면 좋겠는데"라고 말했다.

나를 위해 사는 것뿐인데요?

희경 씨는 친구들과의 교류를 포함해 지금 남한 생활이
행복하다고 말했다.

• 경기도 안성시에 있는 탈북자 정착을 위한 교육 기관. 국정원에서 심사받은 후 그곳
에서 남한 문화, 자본주의 생활에 관한 기본 지식을 배운다.

"행복하다고? 행복한 거구나."

　'행복하다'는 말에 나는 그를 위로하기 위해 준비했던 말을 삼켜 버렸다.

　　"네, 행복합니다. 어릴 때부터 고생을 너무해서 그런지는 모르겠어요. 주위 사람들이 열심히 일한다고 칭찬해 줘요. 다른 사람을 위해서가 아니고 나를 위해 일하는 것뿐인 데도요. 어떤 사람은 북한 여자가 좋다며 소개해 달래요. 북한 사람들이 다 나처럼 열심히 일한다고 생각하는 것 같아요."

　누구나 칭찬을 받으면 기쁘고 힘이 난다. 희경 씨처럼 의지할 데가 없는 사람은 더 그렇다. 그가 노가다 일이라도 가리지 않고 열심히 찾아하는 모습이 주변 사람들 보기에 좋게 보였을 것이다. 특히 젊은 사람을 보기 힘든 시골에서 젊은 그가 어른들에게 기특하게 보였을 것이다. 그는 말을 재미있게 잘한다. 말을 지루하지 않고 재미있게 잘하는 것도 그의 인상을 좋게 만드는 요인이다. 또한 전라도가 진보에 기반을 두었기 때문에 북한에 대한 반발이 비교적 적고 탈북자인 그에 대해 편견이 적은 것도 좋게 작용하고 있는지 모르겠다.

　"나를 위해 일하고 있는데"라는 말은 희경 씨뿐 아니라 많은 탈북자들이 하는 말이다. 그 이유는 북한 사회는 개인을 위하는 모든 행동을 악하다고 명명한다. 그들은 먹고 마시고 일하는 모든 것이 당과 수령, 국가와 인민을 위한 것이라고 철저하게 교육받는다. 심지어 가족을 돌보고 자식을 훌륭하게 키우는 것까지도 개인의 이익이 아니라 국가를 위한 것이라고 교육받는다. 하지만 한국에 와 보니 이곳에서는 당과 수령, 나와 가족을 선택할 수 있고 오로지 나와 가족을 위해 살아도 법을 어기거나 위반하는 것이 아니라는 사실이 탈북자들에겐 신기했을 것이다. 그러니 희경 씨의 '나를 위해 일하고 있는데'라는 말은 내가 자식과 가족을 위해 일하는 것이 국가를 위한 엄청난 일도 아닌데 칭찬까지 해 주니 신기하고 고맙다는 말이다.

그는 낮에는 일용직으로 과수원이나 농장에서 일을 하고 저녁에는 자신의 가게에서 술을 팔고 손님을 접대하고 있다. 자그마한 어촌 마을이라 그가 어떻게 사는지 주변 사람들이 잘 알고 있지만 별로 신경 쓰지 않는다. 그에게 술집에서 일하게 된 동기를 물었다.

"일용직만으로는 생활이 어려우니까요. 특별한 이유는 없습니다. 중국에 살 때도 술집 일을 했었어요."

그는 돈을 더 벌기 위해 고객에게 웃음을 팔지 않는다고 단언한다. 남자 옆에 앉아 직접 술을 따르고 이야기는 하지만 서비스는 거기까지다. "그 이상의 것을 바라는 손님에게는 다른 여자 불러 줄까요?"라고 말한다고 했다.

탈북자들은 가식적으로 말하거나 칭찬의 말로 위선을 떨지 않는다. 그들은 언제나 직설적이다. 일본인의 눈으로 봤을 때 한국인도 직설적인 편인데, 탈북자들은 그런 남한 사람들을 '가식적'이라고 말한다. 내가 보아도 탈북자와 남한 사람을 비교하면 탈북자가 더 직설적이다.

한국인에게 직설적으로 표현하면 '예의', '매너' 운운하며 사이가 어그러질 수도 있지만 탈북자들에게는 전혀 문제되지 않는다. 그들에게는 남한 사람의 '예의', '매너' 장치가 없다. 오히려 그 장치를 불필요하다고 생각한다. 그들은 '의역'을 싫어하고 '직역'을 선호한다. 그들이 상대의 의견에 '싫다'고 말하는 것은 그 의견이 싫은 것이지 상대가 싫은 것은 아니다.

탈북자들끼리의 대화가 매우 거칠어서 서로 의견이 다르면 싸우는 게 아닌가 하고 느껴질 때가 있지만 그들은 의견 조율을 하는 것이라고 말한다. 그들은 역시 북한 사람끼리가 편하다. 말이 잘 통한다며 몇 시간 동안이고 큰 소리로 이야기를 주고받는다.

희경 씨도 탈북자여서 말을 순화하거나 돌려 말하지 않고 직설적으로 표현한다. 심지어 돈을 벌기 위해 술을 따르는 자리에서도 거짓으로 자신을 꾸미지 않는다. 그래서인지 가게를 찾아오는 단골손님들은 그를 편안한 이야기 상대라고 생각하는 것 같았다.

희경 씨와의 이야기는 6시간 반 만에 끝이 났다.

"다음에는 꼭 밥을 대접할게요."

그는 점심 식사를 대접을 못하는 게 너무 미안하다는 말을 대화하는 동안 네다섯 번 반복했다. 그는 먼 길을 찾아온 손님을 대접하지 못한 것에 끝까지 미안해했다. 그가 나를 소중하게 대한다는 느낌을 받고 귀로에 올랐다.

희경 씨는 지금까지 만났던 탈북자들과 별반 다를 게 없는 사람이었다. 술집에서 일한다는 사실 외에는 다른 탈북 여성들과 별로 차이가 없었다. 비슷할 거라는 생각은 어느 정도 하고 있었지만 너무 비슷해서 김이 새버린 느낌도 들었다.

그는 어린 시절 아버지가 알코올 중독에 빠져 재산을 탕진해 '꽃제비'가 되었고 중국에서 지적 장애인 남자에게 인신매매를 당했다. 한국에 와서 만난 남자와도 헤어지고 지금은 생부가 다른 3명의 자녀를 혼자 키우고 있다. 하지만 탈북 여성 중에 너무나 일반적이며 그 역시 "좋은" 사람이었다.

6. 다림, "어머니 효도"

노래방 도우미

　희경 씨와의 인터뷰 이후 유흥업소에서 일하는 탈북 여성을 더 만나고 싶다는 생각이 들었다. 이번에는 지인에 도움을 구하지 않고 전혀 모르는 사람을 찾았다. 이유는 유흥업에 종사하는 것이 부끄럽고 감추고 싶을 것이 많을 것이라는 사회 통념 때문에 나를 전혀 모르는 사람을 만나고 싶었다. 그런 사람을 찾는 것이 쉽지는 않았지만 이상하게 곧 찾을 거라는 확신이 있었다. 지금까지 탈북자와의 교류를 통해 그들에게 정직한 마음을 받아주는 자세가 있다고 느꼈기 때문이다.

　이번에 만날 탈북자는 노래방 도우미였다. 그런 탈북자를 만나려면 노래방에 찾아가 "여기 북한 여성 있어요?" 하고 묻는 방법밖에 없었다. 그렇게 찾아다니며 북한 사람을 찾으니 가게 주인들이 다 의아해했다. 다른 동네로 찾아가 다섯 번째 가게에서 드디어 "저희 가게에는 없지만 원하신다면 부를 수 있어요. 전화해 볼까요?"라는 대답을 들었다. 하지만 노래방 주인의 전화에 그는 나오지 않았다.

　"지금 손님을 받고 있는 것 같아요. 기다리시겠어요? 그녀가 언제 올지 잘 모르겠어요. 곧 끝날 수도 있고 1시간 이상 걸릴 수도 있어요. 기다린다면 우리 가게에서 기다리시면 됩니다."

언제 올지 모르겠다는 말은 도우미가 손님과 모텔에 갔다는 말이었다. 전화를 받지 않는 경우 그 가능성이 크다. 노래방에서 도우미 요금은 손님 혼자일 경우 2시간에 25만 원이고, 도우미에게 주는 팁은 별도라고 주인이 설명했다.

"그럼 15분만 기다리고 대답이 없으면 돌아갈게요."

나는 10명 정도가 여유 있게 놀 수 있는 큰 방에 들어갔다. 빨간색, 검은색, 금색이 섞인 화려한 장식을 둘러보며 소파에 앉았다. 그 순간 문이 열리며 "답장이 왔어요. 곧 올 겁니다" 하고 주인이 미소를 지었다. 나는 "조금 작은 방으로 가겠습니다"라고 대답하고 25만 원을 지불하고 방을 옮겼다.

맥주 6병과 위스키 1병이 나왔다. '나는 술을 안 마시는데 어쩌지?'라고 생각하고 있는데 노출이 많은 상의에 짧은 스커트를 입은 여자가 문을 열고 들어왔다.

"안녕하세요."
"네, 안녕하세요."

나는 옆자리를 오른손으로 툭툭 두드려 여기에 앉으라고 손짓하며 그를 맞이했다. 여기에서는 도우미가 마음에 들지 않으면 손님이 "취소"를 할 수 있다. 취소는 수수료가 없기 때문에 손님이 도우미를 거절하는 경우가 많다. 나는 사장에게 "북한 여자, 30~40대"를 원한다고 말했기 때문에 들어온 여성을 거절할 이유가 없었지만, 그 여성은 직업병처럼 먼저 나의 선택을 기다렸다. 나의 손짓에 그는 안심하는 듯 보였다. 도우미는 노래방에서 월급을 받는 게 아니라 손님이 주는 팁이 그들 수당의 전부다. 도우미가 손님에게 거절당하면 다음 손님에게 선택될 때까지 기다려야 한다. 도우미 수익은 일정하지 않고 도우미마다, 받는 손님에 따라 천차만별이다. 그들은 한국에 올 때 쓴 브로커 비용을 갚기 위해 도우미를 시작하거나 북한에 있는 가족을 살리거나 돈을 보내기 위해 그 일을 계속한다. 그들은 공장에서 일하는 사람보다 씀씀이가 커 빚이 있는 경우가 많고 금전 차용, 대출 등에 얽혀 있는 경우가 많다.

그가 앉자마자 나는 북한 사람인지 확인하기 위해 이렇게 물었다.

"고향이 어디에요?"
"혜산이에요. 량강도 혜산. 오빠 알아요?"
"혜산, 알아요. 언제 한국에 왔어요?"

"2007년"

"나이는?"

"33살"

"어떻게 왔어요?"

"몽골"

대답은 짧았지만 하나원 이야기까지 이상함이 없어서 가짜 탈북자가 아닌 것을 확인했다. 마지막으로 이름을 물었다. '다림', 가게에서 붙여준 이름이라고 했다. 그 후에도 나는 그가 솔직한 이야기를 할 수 있도록 신중을 기하면서 이야기를 계속했다.

"나는 관계를 하려고 찾아온 게 아니고 북한 연구를 위해 다림 이야기를 듣고 싶어 찾아왔어요. 그러니 북한에 대해 아는 이야기를 해주면 고맙겠어요. 팁이 필요하지요? 얼마를 내면 돼요?"

나의 말과 방 장식이 전혀 어울리지 않는다고 느꼈다. 내얼굴을 정면으로 보던 그가 "그럼 5만 원 주세요"라고 대답했다. 지갑에서 5만 원을 꺼내 건네주면서 "내가 먼저 노래해야 해?"라고 묻자 그는 "제가 노래 듣는 걸 좋아해요. 불러 주세요"라고 말했다. 내가 자신 있게 "나 노래 잘해요"라고 답하며 리모컨을 조작했다. 다림 1곡, 나는 2곡을 불렀다. 한 곡은 남한 노래, 다른 한 곡은 일본 노래 중 "북극의 봄"이었다. 이 노래는 북한의 보천 보음악단•이 부른 노래로 탈북자라면 잘 알고 있는 노래다. 노래를 부른 후 일본 이야기로 분위기가 전환되었다.

> "나는 일본을 좋아해요. 북한은 미국과 일본을 적대시하지만 시즈오카 후지산이 보이는 곳에 3개월 가 있었어요. 언니가 불러서 갔는데 일본인은 친절했어요. 말은 잘 몰랐지만."

그는 불법으로 일본 술집에서 일을 했던 것 같다. 일본 술집에서 일하는 한국 여자들은 30대가 되면 도쿄나 오사카 등 큰 도시에서는 일자리를 구하기가 어려워져 지방 도시로 떠밀려 가는 경우가 많아진다.

그는 대학을 졸업하고 일을 하다가 식량을 구하기 위해 중국에 간 이야기를 30분 정도 했다. 거기에 웨이터가 과일을 들고 들어오자 그는 웨이터에게도 팁을 주라고 했다. 그러더니 "다른 북한 여자 불러도 돼요?"라고 물었다. 나는 두 명이 되면 이야기가 분산되는 게 싫어 다른 주제로 시선을 돌렸지만 30분 후 다시 다른 북한 친구를 불러도 되는지 물었다.

• 정식 명칭은 '보천보전자악단'이며, 김정일의 지시로 1985년 6월 결성되었다. 김일성의 대표적인 혁명 전적지인 보천보(普天堡)에서 이름을 빌려 왔다.

"최근에 여기 온 애인데 나보다 2살 아래에요. 나와 달리 여성스러워요. 요즘 경기가 나빠서 손님이 별로 없어서 그러니까 나에게 5만 원, 그 애에게도 5만 원 부탁해요."

나는 그를 다시 만나려면 부탁을 거절하면 안 되겠다고 생각하고 친구가 오는 것을 허락했다. 5분도 채 지나지 않아 은숙이라는 친구가 들어왔다. 두 사람이 되니 딱딱한 이야기는 없어지고 그들은 도우미로 돌아갔다. 그들은 허리를 흔들면서 노래를 하고 살이 쪘다며 일부러 셔츠를 넘기고 바지춤을 내리고 가슴을 만지라고 말했다. 그렇게 그들은 큰 소리로 웃으면서 시간을 보냈다.

2시간 종료 15분 전, 다림은 "2차 가요"라고 말했다.

"2차는 돈이 얼마 필요해요?"

2차가 호텔에서의 관계라는 뜻은 알고 있지만 일단 물어보았다. 나의 질문에 다림은 섹스하러 온 게 아니라고 한 나의 말이 기억났는지 "어? 가는 건가요?" 하더니 "가지 말자" 하고 말했다.

그날 우리는 다음에 식사하자는 약속과 함께 전화번호를 교환하고 헤어졌다. 나는 그가 이 남자를 붙잡아야 더 이상 돈이 나오지 않는다고 판단하고 15분 전에 끝낸 것이라고 생각했다.

내가 먼저 노래방을 나오고 그들은 가게에서 옷을 갈아입고 밖으로 나왔다. 조금 떨어진 곳에서 출입문을 보고 있으니 긴 코트를 입은 두 여성이 손을 잡고 내가 있는 곳과 반대쪽으로 걸어갔다. 나이 33세, 한국 입국 연도, 대학 졸업 등 퍼즐이 잘 맞혀지지 않는 부분이 있지만 밤의 세계는 허위로 가득 찬 곳이어서 굳이 진실됨을 요구할 필요가 없다고 생각했다. 노래방에서 처음 만난 남자에게 하는 행동으로 사람의 인간성을 판단하는 건 아니라고 생각했다.

생일 파티

다림과 식사하기로 약속한 날은 그 주 목요일이었다. 메시지를 보내고 전화를 했지만 그는 이번에도 늦게 왔다. 근무시간은 저녁 5시부터 새벽 3~4시이다. 매일 손님에게 술을 건네고 술시중을 드는 것이 직업이다. 새벽 일이 끝나고 잠을 자기는 하지만 충분히 잠을 이루지 못한다고 한다. 몇 번이나 깼다가 다시 자기를 반복하다가 낮 2시경에 일어나 샤워하고 출근할 준비를 한다. 생활이 불규칙하다 보니 평범한 생활이 어렵다.

그와 출근 시간 전인 오후 4시에 만나기로 약속했지만 그

는 5시에 나타났다. 화려한 화장에 어울리지 않는 낡은 운동
복에 청바지 차림이었다. 5시 반까지 출근하지 않으면 혼난다
는 그의 이야기를 듣고는 일단 출근을 먼저 하고, 저녁 6시 넘
어 함께 식사하기로 약속을 변경했다. 그가 일하는 곳은 지난
번 만났던 노래방에서 도보로 3분 거리에 위치한 2층 노래방
이었다.

"홀 옷으로 안 갈아입어도 돼요?"

노래방에 들어서자 그들은 내가 누구인지 알고 있는 눈치
였다. 별 상관은 없었지만 그는 2명의 여성을 더 불러 나에게
소개했다. 한 명은 남한 사람, 다른 한 명은 탈북자였다. 이번
에도 다림은 그들에게 5만 원씩 주라고 요구했다. 그때 나는
이 인터뷰를 끝까지 가면 500만 원 정도 쓸 거라고 각오했다.

남한 여자가 생각하는 탈북자 도우미는 어떤 사람일지
궁금했다.

"언니는 이 근처에서 에이스예요. 언니를 따라가면 (손님을)
적당히 처리해 줘요. 다른 사람과 있는 것보다 편해서 언니가
부르면 가요."

지난번 15분 전에 일을 마무리 짓던 기억이 떠올랐다. 이 날은 일하면서 겪는 고생담을 이야기해 주었다. 술에 취해 오는 손님은 여자에 대한 예의를 차리지 않는다. 그들의 목적은 노래가 아니기 때문에 혼자서 찾아오는 손님이 많다고 한다. 너무 무례한 손님은 도우미가 거절할 때도 있다고 한다. 그런 남자들을 상대로 기분 나쁘게 하지 않으면서 일도 해야 한다. 홀에서 오줌을 지리고 싸는 손님일지라도 물수건으로 닦아 주고 섹스를 하고 돈을 번다.

> "돈 벌기 위해 그렇게까지 하는 것은 대단한 거라고 생각해요."

그 후에도 그들을 여러 번 만났지만 그들의 화제는 대부분 손님의 태도에 대한 불만과 돈 이야기뿐이었다.

그날 다림에 대해 알게 된 것은 나이는 40살, 입국 초기 4년 동안 회사에 근무했다는 것과 다음 주 월요일이 그의 생일이라는 정보였다.

그의 생일날 그가 좋아한다는 해산물 시장에 함께 갔다. 그는 내 차에서 담배를 피웠다. 내 차에서 담배를 태우는 사람은 그뿐이다. 담배 연기와 꽁초를 창밖으로 버리며 "오빠는 편해"라고 했다. 그가 마음대로 해도 내가 이것저것 말 안하니까 그런 것이다.

그는 생선회와 매운탕을 선택했다. 그리고 밥 대신 맥주를 마셨다. 도우미가 노래방에서 대기할 때는 본인 부담으로 술을 마신다. 시장에서 술을 마시는 모습을 보니 그는 가벼운 알코올 중독 상태였다.

그는 어딜 가도 겁이 없었다. 이것은 다림만이 아니라 내가 만난 탈북 여성 모두가 갖고 있는 특징이기도 하다. 목숨을 걸고 남한까지 온 과정을 알면 충분히 납득할 수도 있지만 그것만으로는 뭔가 부족하다. 어쨌든 그는 어디서든 굴하지 않고 자신의 스타일대로 행동했다.

출근 시간이 다가와 그를 집까지 태워 주고 밤 9시에 가게에서 만나자고 약속했다. 다림의 생일을 축하를 하기 위해서였다.

밤 9시, 다림이 기다리고 있었다. 방에는 도우미들이 준비한 케이크가 있고 처음 보는 탈북 여성도 있었다. 나를 포함해 모인 사람들이 그에게 선물을 전해 주고 피자, 생선회 등과 함께 맥주와 위스키를 마시며 춤을 추었다.

"이런 생일은 한국에 와서 처음이에요."

그는 눈물을 글썽했다.

"최근 들어 다른 탈북 도우미가 왔지만 2개월 전까지 탈북자
는 나밖에 없었어요."

그는 홀로 외로웠을 것이다.

뇌물

다림은 남한 사람과 탈북자의 차이에 대해 자주 말했다.
요약하면 '자본주의가 문제다'는 말이다. 북한은 자본주의를
이기주의라고 교육한다. 자본주의는 자본가가 자신의 이익을
위해 노동자를 노예처럼 부리고 착취하므로 자본가는 이기주
의자, 자본주의는 이기주의 사회라고 비난한다.

그것을 남한 사람에게서 자주 느낀다는 것이다. 도우미
로 일하는 여성은 경제적으로 궁핍하기 때문이고 돈벌이가
가장 중요한 이슈이다. 다림도 마찬가지다. 다림의 주장은 돈
은 돈이지만 같이 일하는 동료들을 더 소중히 생각하라는 것
이다.

북한은 전체의 평화와 발전을 위해 개인을 희생하는 것
이 도덕적이라고 가르친다. 개인의 이익을 우선하지 않고 함
께 하는 집단을 위해 행동하는 것이 몸에 배어 있다. 강제였다
고 해도 오랫동안 그 생활에 익숙해져 온 다림으로서는 개인

의 이익을 먼저 생각하는 이곳 문화가 불편한 게 당연하다.

생일 파티 후 2시간쯤 지났을 때 나는 모텔 방을 하나 잡았다. 새벽 1시가 되자 거리에 사람이 사라지고 조용했다. 먼저 일이 끝난 다림은 모텔에 들어와 방바닥에 주저앉아 전화로 다른 도우미들을 불러들였다. 모인 사람들은 생일 파티에 함께했던 4명과 중국에서부터 알고 지내던 조선족 여자 한 명이었다. 다림은 이 여자들에게 또 팁을 주라고 요구했다. 생일 파티에 참가했던 도우미들이 거절했지만 그는 막무가내로 받으라고 강요했다. 나는 결국 3만 원씩 주기로 했다.

다림은 자기가 원하면 내가 돈을 낸다는 것과 동시에 나에게도 돈의 액수에 한계가 있는 것을 알고 있었을 것이다. 그렇기 때문에 보통 사람이면 다른 여자들이 아닌 그에게 돈을 더 많이 주도록 할 텐데, 다림은 전혀 그런 모습을 보이지 않았다. 그는 같이 도우미로 고생하는 친구들에게 더 많은 돈을 주라고 말했다.

그가 돈에 집착하지 않는다고 볼 수 있다. 그런데 거기에는 북한의 특수한 문화가 있는 것도 아닌가 하는 생각이 든다.

북한은 뇌물이 횡행하는 나라이다. 그러나 뇌물에도 질서가 유지되고 있다고 보인다. 그들은 뇌물을 '분배'하는 습관이 있다고 한다. 예를 들어 북한에서는 부모가 교장에게 뇌물을 주면 교장은 자기가 신뢰하는 교원에게 뇌물의 일부를 주며 학생을 잘 봐주라고 지시한다. 이런 방식으로 뇌물이 분배된다. 그러나 모두가 평등하게 뇌물을 배분하는지는 불분명하다. 이것에 대해 탈북자마다 의견이 나뉘지만 뇌물이 사회 전반에서 통용되는 것은 틀림없는 것 같다.

이 경우 내가 뇌물을 주는 사람(학부모), 다림이 받는 사람(교장)이다. 다림이 자기만 받는 것이 아니라 다른 도우미(교원)에게도 주도록 나에게 요구하는 것이 북한식이라고 할 수 있다. 단, 뇌물을 다림이 가장 많이 받고 다른 도우미는 적당히 주는 것이다.

그가 계속 여자를 불러들이기에 "내가 부른 게 아니니까 네가 돈을 주라"고 했다. 그러자 그는 사람 부르는 것을 멈추고 돈도 내놓지 않았다. 그런 점에서 그는 보통 사람이라고 볼 수 있다.

채무 상환

도우미들은 생리하는 날은 쉰다. 그는 "이번 생리 날 바다로 데려가 주세요"라고 말했다.

"차를 가지고 있다는 건 거짓말이었고, 빚 때문에 팔았어요."

다림의 손에는 큰 상처 하나가 있다. 탈북자들 중에 얼굴과 손에 상처가 있는 사람이 많다. 탈북 도중 상한 것이거나 잡혀서 고문에 의한 것도 있다. 나는 운전하다가 다림에게 물어 봤다. 그는 나의 예상을 벗어난 답을 했다.

> "내가 한 거예요. 언니가 죽었을 때 너무 슬퍼서 그은 거예요. 너무 슬프니까 찔러도 아프지 않더라고요. 그때 울다 지쳐서 쓰러졌어요."

피를 흘리며 울던 시간이 어느 정도였는지 다림은 명확하게 기억나지 못한다. 큰 소리로 우는 그가 걱정된 옆집 아줌마가 찾아와서 발견되었다고 한다. 귀걸이 구멍 뚫는 것도 무섭다고 나에게 말한 적이 있는 그인데 얼마나 슬펐는지 짐작이 갔다.

그는 1남 3녀의 막내로 남한에 혼자 왔다. 하나원을 나오자마자 돈을 모아 언니를 데려오려고 계획했다. 그는 소학교 때부터 4살 많은 언니를 반말로 불렀고 싸움을 할 때도 언니를 우습게 여기고 막 대했다. 하지만 언니는 항상 동생을 먼저 챙기고 동생 편을 들어주었다. 남한에 와서 기댈 곳 없는 고아가 된 뒤에야 언니의 고마움을 더 알게 되었다. 그런 언니에게 어떻게든 보답을 하고 싶어서 언니의 탈북을 준비했는데 탈북 도중에 사고로 돌아가셨다.

"결국 나는 언니한테
아무것도 해 주지 못했어요."

나지막하게 울리는 말 한 마디가 더 쓸쓸해 보였다.

그의 어머니는 중국에 살고 있다. 어머니가 중국에 갔을 때 북한 사람인줄 알면서 숨겨준 중국인 할아버지가 있었다. 그 할아버지가 이젠 나이가 들어 큰 병에 걸렸고 어머니는 그분을 버리고 딸 옆으로 갈 수 없다고 하신다. 어머니도 방광이 좋지 않아 수술을 받아야 하는 상황인데 신분이 없는 중국에서 병원에 가는 것도 힘들지만 수술비도 만만치 않다.• 엄마의 수술비를 내줄 사람은 그밖에 없다. 또 어머니를 돌봐 주는 사람에게도 돈을 보내야 한다. 그 많은 돈을 마련하기 위해 그는 사채를 빌렸다. 그게 노래방 도우미를 시작한 이유다. 사채를 갚기 위해서는 매달 500만 원이 필요했고 그러려면 도우미밖에 방법이 없다고 생각했다.

술주정꾼 다림

다림은 맥주를 좋아한다. 맥주 이외의 다른 술을 마시는 것을 본 적이 없다.

"술을 먹으면 다 잊어버릴 수 있어요."

• 신분증이 없는 탈북자들은 보험이 없어서 병원 비용 전액을 개인이 부담하게 된다.

술을 마시는 사람들이 흔히 하는 말이다.

　"이런 일을 좋아서 하는 사람이 어디 있겠어요? 열심히 살아
갈 수밖에 없어요. 원래 섹스를 좋아하는 것도 아니고. 근데 모
텔에 가는 것보다는 노래방에서 하는 것이 좀 편하고 노래라도
하면 좀 즐거우니까."

　그는 대낮부터 술을 마신다. 잠자는 시간 외엔 거의 술을
마시는 것으로 보인다. 그러니 같은 말을 반복하고 약속도 금방
잊어버린다. 전형적인 알코올 중독자의 모습이다. 그렇게 취한
상태에서도 그가 사람에게 신경을 쓰고 있다는 걸 알 수 있다.
　다림의 동네에 단골 식당 몇 군데가 있다. 일이 끝나고
다른 도우미들과 식사할 기회가 몇 번 있었는데 그는 식당 종
업원에게 "언니!", "이모!" 큰소리로 인사한다. 다른 도우미들은
그렇지 않은데 그는 동네 친구 대하듯 편안하게 말을 건다. 그
의 소탈한 매력에 맞난 서비스가 밥상에 자주 올라온다. 늦게
까지 일하는 나이 든 종업원에게는 팁도 준다. 종업원들은 그
가 빚이 있다는 걸 알고 극구 사양하지만 결국 종업원의 손에
팁을 쥐어 주고야 사라진다.
　다림의 친척이 남한에 와 있다. 그 친척에게 돈을 빌려
사채를 먼저 정리하면 좋겠지만 그는 "그들은 남한에 온 지 얼

마 되지 않았고 또 내가 그들에게 해가 되면 안 되잖아요"라고
말한다.

북한의 공산주의 문화와 일본 문화가 비슷한 부분이 있
다. "남에게 해를 주지 말자"이다. 탈북자들은 이 말을 자주 쓴
다. 다림이 친척에게 돈을 빌리지 않는 것은 이 문화의 영향이
라고 볼 수 있다. 또 "하나는 전체를 위하여"라며 희생을 강요
해 온 북한 교육의 영향도 있는 것 같다.

노래방에서 번 돈은 모두 빚 갚는 데 쓰기 때문에 화려한
생활은 할 수 없다. 그가 액세서리를 달고 있는 걸 본 적이 없
고 청바지도 2벌뿐이다. 종종 그가 일이 끝나는 새벽 3시경에
만나 함께 밥을 먹는데, 그는 매일 같은 복장에 긴 코트를 입
고 취한 모습으로 집에 들어간다.

그런데 남에게는 돈을 자주 쓴다. 친척의 딸에게 용돈을
주고 회식비를 지불한다. 무리하게 내지 않아도 되는 돈이다.
자신에게는 1만 원을 아끼는데 남에게는 5만 원 이상 쓰는 걸
많이 봤다. 내가 "빚을 갚는 것도 좋지만 자기 몸도 소중히 하
라"고 말하면 쓸쓸하게 웃는다.

북한애 다림

다림과 만났을 때가 초가을이었다. 4개월 반이 지나고 겨

울이 됐다. 그는 하고 싶은 이야기가 있으면 숨김없이 말을 하는 편이다. 나는 그가 친구에게도 숨기고 싶은 도우미의 애환을 포함해 자질구레한 이야기를 많이 나누었다. 그는 나에게는 별로 숨기는 것이 없었다. 이 시간 동안 '다림'이라는 한 탈북 여성을 충분히 느낄 수 있었다고 생각한다.

겨울 어느 날, 항상 다림과 함께했던 도우미 대부분이 다른 지역으로 옮겨갔다. 경제가 어려워지면 도우미들도 일이 줄어든다. 겨울이라 사람들이 바깥에 나오지 않는 것도 영향이 있다. 곁에서 그를 돌봐주던 동생들이 다 떠나가자 그는 "오빠, 아는 애들이 다 갔어요" 한다. 다림은 동료를 따라 떠나지 못하고 이곳에 남아 있다.

"다 여우들이야."

식구처럼 생각했던 동생들이 자기만 두고 떠나간 것이 슬펐는지 무심코 불만을 터뜨린다. 1달 전에도 새로 들어오는 동생이 살 집을 구한다고 부동산을 뛰어다니며 애썼으니 그럴 만도 하다. 내가 보기에 그는 천생 북한 사람답다.

다림은 "나는 열심히 살 거예요"라는 말을 자주 했다. 그러다가도 "엄마가 죽으면, 나도 죽는 거예요"라는 말도 자주 했다.

그 후

　다림은 도우미 일을 그만두었다. 의사가 도우미 일을 계속하면 죽는다고 말했단다. 그 말에 도우미를 그만두고 식당에서 일하다가 견디지 못하고 다시 술집에서 일을 시작했다. 술집에서 일을 하지만 몸을 팔지는 않는단다.

제3장

탈북자의 북한 생활: 탈북자의 인터뷰에서

이 장에서부터 내가 만나 왔던 탈북자들의 이야기를 통해 북한 사람을 분석하려고 한다. 원래 논문으로 엮으려던 것이어서 갑자기 학문적인 부분이 섞여 버리는 것 같아 염려스럽지만 본서에서도 충분히 의미가 있다고 생각한다.

탈북자와 교류를 해 오면서 가장 인상 깊은 것은 첫째, 그들이 정이 많다는 것이다. 인생을 혼자 살아갈 수 없다는 것은 모두가 아는 사실이지만 탈북자들은 더불어 사는 인간관계가 끈끈하게 잘 이어져 있다. 남한에 와서 느끼는 "정"라는 말이 북한 사람에게 잘 어울린다. 남한 사람들도 정이 많지만 탈북자들이 더 깊은 정을 갖고 있음을 나는 실감한다.

둘째, 희생정신이다. 때로 어떤 사람과의 사이에서 손해를 보더라도 서로 상대방을 위해 행동한다면 그것으로 인해 신뢰 관계가 형성된다. 신뢰 관계는 시너지 효과를 내는 것이다. 북한은 인민들에게 희생을 강요한다. 인민들은 비록 강요된 것일지라도 그것을 통해 이기심을 누르고 희생해 온 것이다. 때문에 그런 시너지 효과를 내면으로, 외면으로 실감하고 체화했다. 그러니까 탈북자들은 그 희생정신을 나쁘게 생각지 않고 자기의 양심으로 안고 살아가는 것이다.

이제 탈북자의 인터뷰를 통해 얻은 내용과 나의 경험을 더하여 북한 사람의 특징을 살펴보려고 한다.

1. 인터뷰 방법과 응답자

1) 라이프 스토리(Life-story) 법적 접근

사회 현상을 확인하려면 설문지 조사나 전화 조사 등 많은 사람을 조사 대상으로 하는 양적 조사를 택하는 경우가 많지만 나는 소수의 응답자와 많은 시간의 인터뷰를 통한 질적 방법을 택했다. 그중의 하나가 라이프 스토리(Life-story) 법이다. 개인의 생애, 생활에 초점을 맞추어 그 사람의 경험에서 나오는 이야기를 통해 사회와 문화의 형상과 변동을 조사하려고 하는 방법이다. 선택 이유는 나 자신이 적은 수의 사람과 깊이

있는 대화를 좋아하기 때문이기도 하지만 주된 연구적인 이유
는 다음과 같다.

첫째, 남한에 거주하는 탈북자는 3만 명을 넘었지만 아직
사회적으로 소수자에 속한다. 둘째, 설문지를 만들면 듣고 싶
은 내용 외에 다양한 이야기를 들을 수 없다. 이미 알고 있는
사람이라도 10~20시간 대화를 하다보면 모르고 있던 사건이
나 사실을 얻을 수 있다. 셋째, 이게 가장 큰 이유인지 모르겠
다. 탈북자에게서 긍정적인 의견을 끌어낼 수 있다. 그들의 과
거 이야기와 순간의 선택들이 지금의 탈북자를 만들었다. 그
들을 부정적으로 인식했던 부분이라도 긍정적인 의미를 찾고
다른 각도에서 보는 방법을 통해 새로운 가치를 찾고 싶어서
이다.

2) 탈북자로부터 긍정적인 이야기를 얻으려면

앞서 말한 세 번째 내용을 좀 더 깊이 생각해 본다.

탈북자들은 북한 체제에 반발은 하지만 자기 고향을 부
정하지는 않는다. "나의 고향을 나쁘게 생각하는 사람이 어디
있어요?"(선희, 41세, 여성) 이것은 자연스러운 감정이다. 하지만 종
종 남한 사람 앞에서는 북한을 부정적으로 말할 때가 있다. 이

유는 한국에서 북한을 적대국으로 정의하고 그곳에서 온 탈북자에게도 반감을 가지는 남한 사람을 꽤 많이 봤기 때문이다. 주변의 남한 사람들은 남북 문제가 생길 때마다 탈북자를 북한 편에 세워두고 정치적으로 평가한다. 이것을 경험한 탈북자들이 정치적 소동에 휘말리지 않기 위해 남한 사람들이 듣고 싶은 말을 해 주는 것이다.

그 이유는 세 가지다. 첫째, 탈북자들은 북한에서 조선로동당의 명령에 절대복종하며 살았다. 당의 명령에 반하는 태도는 강한 처벌을 받는다. 따라서 그들은 본인의 의지와 상관없이 체제가 요구하는 답을 말하는 데 익숙하다. 그 습관이 다른 세상에 왔다고 쉽게 바뀌지는 않는다. 즉 남한 정부나 연구기관이 북한에 대한 비판적인 질문을 하면 탈북자들은 그들의 질문 의도에 맞게 대답하는 것이다.

둘째, 남한이나 북한은 외부적으로 서로에 대해 비판적이다. 탈북자들은 남한 사회에서 아주 작은 소수에 불과하고 부정적인 이미지로 평가되고 있다. 탈북자가 북한을 좋게 평가하는 것을 남한 사람은 좋아하지 않는다. 탈북자가 출연하는 TV 프로그램에서도 탈북자는 '불쌍한, 가련한, 굶주림'과 같은 이미지로 소비된다. 이런 관점에서 분명하게 북한에 대한 멸시가 있다고 느낀다. 한때 내가 TV 출연을 의뢰한 적이 있는

데 결국 거절당했다. 프로그램 제작자들이 북한을 이해하려고 프로그램을 만들었다고 하지만 내가 보기에는 탈북자에 대한 차별을 키울 뿐이다.

셋째, 위의 이유와 관점이 조금 다른데 북한의 '생활총화'의 부정 평가가 영향을 주고 있을 것이다. 생활총화는 북한 제도의 하나로 소속된 그룹에서 일주일에 한 번씩 진행하는 '고해성사' 비슷한 것이다. 고해성사는 은밀한 곳에서 자기 죄만 자백하지만 생활총화는 공동체 앞에서 자기 죄뿐 아니라 그룹원의 죄까지 공개 비판하도록 규정으로 정해져 있다. 변증법적 유물론에 의하면 서로가 비판하며 성장한다는 사상이 있는데 거기에서 생긴 것 같다. 이런 영향 때문에 탈북자들은 평가를 할 때 부정 평가를 더 잘한다. 그들이 '솔직하다'거나 '직설적'인 이유는 이 때문이다.

이런 여러 가지 이유로 탈북자들은 북한을 부정적으로 말한다. 내가 탈북자들에게 "북한 사람들은 인터뷰할 때 진실한 대답을 잘 안 하죠?"라고 물어보면 대부분의 경우 "속마음에 있는 진실은 대답하지 않죠"라고 한다.

이런 사실을 전하는 의도는 탈북자가 악의적으로 답변을 조작한다고 지적하는 게 아니라 우리가 탈북자에 대해 제대로 인식할 필요가 있다고 느꼈기 때문이다. 그들이 거짓말을 하는 것이 아니라 "우리(북한 사람이 아닌 자)가 그들에게 진실을 말하지 못하게 하고 있다"고 생각할 필요가 있는 것이다.

탈북자에 대한 긍정적인 면을 보려면 의식적으로 긍정적인 부분을 이끌어 내는 인터뷰가 필요하다고 판단한 것이다.

인터뷰의 첫 번째 질문으로 물어본 것은 "가장 좋았던 추억을 말해 주세요"였다. 그들과 이야기를 하다 보면 북한 체제 비판에 이야기가 기울기도 한다. 이런 경우 무리하게 이야기를 중단시키지 않고 "개인적인 좋은 추억"을 상기시켜 이야기를 유도했다.

3) 인터뷰 응답자

인터뷰 응답자의 조건은 1995년 전후까지 북한에서 고급 중학교(고등학교 수준) 교육을 받은 사람으로 했다. 이유는 북한의 사정에 있다.

사람의 주체성과 사고방식은 청소년기에 발달하고 20세 전후 어느 정도 확립한다고 한다. 따라서 북한에서 20세 이상 살았던 사람을 대상으로 선정했다. 1995년 전후로 정한 이유는 '고난의 행군'을 겪은 사람의 이야기를 듣고 싶었다. 1990년대 후반, 북한은 아사자 250만 명이 발생할 만큼 국내가 혼란스러웠다. 그 시기 북한 당국이 시행한 11년제 의무교육 제도가 무너지기 시작했고 양상이 크게 변화했다. 따라서 이 시기 전과 후에 세대적인 의식 차이가 있다고 생각했다. 1994년 김일성 사망도 국가의 변화에 큰 영향을 가져왔다.

1995년 전후에 중학교를 졸업한 사람은 1970년대 후반까지 태어난 사람이고 현재 40세 정도나 그 이상이 된다. 탈북자의 대부분은 중국에서 몇 년을 보내고 남한에 입국한 경우가 많고 전술된 지영의 경우는 1977년 태어나 2000년 탈북, 중국에서 6년 보내고 2006년에 입국하여 현재 만 43세다. 그런 사람이면 3개국에서 생활하고 한국 사회도 어느 정도 이해할 수 있다고 볼 수 있다. 이상으로 이번에는 위의 조건으로 조사를 시작했다.

인터뷰한 탈북자들은 현재 30대 이하 사람들 즉, 그들의 학생 시기가 이미 고난의 행군 시기였던 세대와 본인들은 다르다고 말한다. 무엇이 다른지 비교하기 위해 최근 입국한 젊은 탈북자 3명을 만나 보았다. 그 결과 나의 눈에도 크지 않지마는 차이는 분명 있었다. 탈북자의 증언을 토대로 일단 1995년 중등교육을 끝낸 탈북자를 중심으로 진행했다. 이번 인터뷰 대상자는 여성이다. 여성과 남성의 차이는 분명 있겠지만 먼저 여성을 중심으로 추세를 보려고 했다. 남성의 의견은 필요에 따라 추가한다.

【인터뷰 응답자 소개(총 7명)】

이름	나이	출신지	현 거주지	탈북 연도*	입국 연도**	북한에서의 생활 상황***	탈북 당시의 가족 구성	남한에서의 상황	한국의 가족 구성****
선희	41	강원도	서울	2000	2004	아버지 무역(밀수)인 C / A	부모, 오빠	복지 관계 개인 사업주, 인문계 석사	미혼, 자녀 없음
지영	41	함경 북도	인천	2000	2006	재일조선인 2세, 체육 전문 교육을 받은 운동선수 C / B	부모, 언니, 오빠	가정주부, 인문계 학사, 필자 공장 근무 경험자	기혼, 자녀 없음
명희	42	함경 남도	경기도	1997	2006	아버지 노동당 당원, 어머니 교원, 본인 사로청위원장 A / C	부모, 여동생 2명	기계 제조 회사 근무	결혼, 딸 1명
민지	43	함경 남도	경기도	2002	2007	아버지 노동당 간부 A / C	부모, 오빠, 언니	기계 제조 회사 근무, 인문 계열 석사	미혼, 자녀 없음
순복	50	량강도	서울	2014	2014	평양 시내 대학 졸업 교원 B / B	부모, 오빠, 언니	비영리 단체 근무	미혼, 아들 1명, 딸 1명
미화	48	함경 북도	경기도	2000	2007	아버지 보위부 간부 A / A	할머니, 부모, 오빠, 언니, 여동생	인문 계열 석사, 개인 사업자, 필자 공장 근무 경험자	결혼, 아들 1명, 딸 1명
연은	42	함경 북도	서울	1999	2006	초등학생 때 부모 사망 C / C	오빠, 언니	개인 사업자, 필자 공장 근무 경험자	결혼, 아들 3명, 딸 1명

• 중국에 처음 입국한 연도. 북한에 재입국한 후 다시 탈북한 연도는 기재하지 않음.

•• 한국에 입국한 연도.

2. 인터뷰 결과

인터뷰는 "북한에 있었을 때의 가장 좋았던 추억은?"이라는 질문으로 시작하고 그 추억을 중심으로 긍정적인 내용을 이끄는 방법으로 진행했다. 항상 편한 분위기를 유지하며 시간을 정하지 않고 탈북자 본인의 사정을 우선했다.

응답자들은 가장 좋은 추억으로 "학교생활과 동무(친구)들, 선생님과의 관계"라는 답을 가장 많이 했다. 그래서 학교생활에 초점을 맞추고 가족, 지역 생활의 모습을 추가적으로 정리하는 것으로 한다.

1) 학교 일정 및 전문 교육

북한의 의무교육은 유치원(높은 반) 1년, 소(초등)학교 5년, 초급 중학교 3년, 고급 중학교 3년이며 졸업하는 연령은 만 17세이다. 기본 과목은 한국, 일본과 다르지 않다. 하지만

••• 북한에서의 '신분 / 경제'적 상황을 'A, B, C'로 표기. A, B, C는 각각 상층(A), 중층(B), 하층(C)를 의미. 예를 들어, 'A / A'는 신분 / 경제 상황이 모두 좋다는 것, 'C / C'는 모두 나쁘다는 것(필자 판단).

•••• 미혼, 기혼은 현재 상태. 북한과 중국에서 결혼을 했어도 한국 입국 후 현재 독신자라면 미혼으로, 남편과 동거하는 경우 혼인신고에 관계없이 결혼(사실혼)으로 표기.

과거사는 북한 혁명 역사 등을 중심으로 진행된다. 기본적인 시간 구분은 다음과 같다. 평양 등에서는 영재 교육을 하는 학교가 있지만 많은 경우 기본 커리큘럼에 따라 교육을 한다.

응답자, 연도에 따라 다르지만 북한은 남학교, 여학교로 구분되어 운영되고 남녀가 같은 학교인 경우 남자 반, 여자 반으로 나뉘는 경우가 많다. 혼합 반도 존재하지만 지역의 사정에 따라 달라진다. 최근에 남녀 혼성 반의 비율이 늘어나고 있다고 한다.

수업 시간은 소학교는 하루 평균 5교시 1과목 45분 수업 10분 휴식을 원칙으로, 중학교는 초급 중학교가 6교시, 고급 중학은 7교시다. 수업은 보통 오전 8시 시작한다. 소학교는 8시에 시작해 낮 12시 35분에 5교시가 끝나고 3교시와 4교시 사이 20분 체조 시간이 주어진다. 5교시가 끝난 후 점심은 도시락으로 해결하거나 귀가한다. 중학교는 점심식사 후 수업 1~2교시가 더 있다. 수업이 끝나면 그 후 시간은 학생의 전문성에 따라 소조 교육이 시작된다.

체육 전문학교, 소년회관 등 학교와는 다른 시설이 있고 재능이 있는 학생들에게 특별 교육이 실시된다. 그보다 전문적인 재능이 낮은 학생은 학교의 '소조'에서 체육, 음악 등을 배운다. 수학 등 공부를 위한 소조도 있다.

"대부분 학생들이 소조로 나누어진다", "절반 정도", "한 반에 5~6명" 등으로 답변이 나뉜다. 시, 군 단위 또는 학교마다 정책이 다르다. 소조 활동 시간과 요일, 인원 수, 제도 등은 지역마다 차이가 있다. "5시경까지였다", "매일 12시에 집에 돌아갔다" 등 차이가 있다.

학교 외의 시설과 소조에서 교육을 받지 않는 학생에게는 노동을 시킨다. 노동을 피하길 원하는 부모는 뇌물을 주고 소조 활동을 할 수 있도록 하는데 그 경향은 해마다 강해지고 있다고 한다.

> "고등중학교는 수업이 끝나면 3시가 된다. 그 후에는 나처럼 체육 전문학교에 가거나 학교의 소조에서 음악, 무용, 수학, 물리 등 공부를 한다. 나머지는 선생님이 지시하는 노동을 한다." (지영)

> "1시쯤 끝나고 집에 가서 밥 먹고 다시 학교로 돌아와 각자 자기 소조에 가서 활동을 해요." (미화)

> "내가 가고 싶은 소조에 갈 수 있었어요. 수학 못하는 애가 수학 소조에서 떨어지면 다른 소조를 찾아요. 체육이나 노래 같은 건 선생님이 재능을 보고 시켜요. 나는 선생님이 시켜서 노래 소조에 가게 됐어요." (명희)

2) 집단 활동: 피어 서포트(Peer Support)

북한 사회 제도의 중심은 집단주의이다. 개인의 이익보다 집단 이익을 우선하는 사회 질서가 되어 있다. 그것은 학교 교육에서 현저하게 나타난다. 북한에 관한 연구 중에 집단주의의 나쁜 면을 강조하는 경우가 많지만 탈북자는 양면을 다 느끼고 있다. 그것을 "즐거운 추억"에서 학교생활에 대한 이야기를 많이 하는 것을 보면 알 수 있다. 응답자들은 학교생활을 긍정적으로 기억하고 있다. 즉 집단주의를 긍정적으로 생각하고 있다고 볼 수 있다.

(1) 피어 서포트

북한은 미국, 일본 등에서도 시행되고 있는 '피어 서포트'와 유사한 학습 환경을 갖고 있으며 좋은 성과가 나타나는 것으로 보인다. 따라서 이 관점을 의식하여 인터뷰를 진행했다. 먼저 피어 서포트에 대해서 간단히 설명하고 싶다.

'피어(Peer)'는 '동료'를 의미하고 '피어 서포트(Support)'는 '같은 입장에 있는 사람들의 지원'이라는 의미가 된다. 전문가에 의한 지원과는 달리 학생들끼리 동료를 지원함으로써 학습 효과 이외에도 학생의 사회생활 능력 향상에 매우 큰 영향을 미치는 것으로 알려져 있다.

피어 서포트는 "모두가 성장하는 힘을 가지고 있다", "모두가 스스로 해결해 나가는 능력을 가지고 있다", "사람은 실제로 사람을 도우면서 성장한다"는 개념을 기초에 두고 있다. 학생끼리 하는 서포트는 우수한 인재가 그렇지 못한 사람을 돕는 것이 아니다. 정해진 자가 항상 지원을 받는 것이 아니라 "모두가 남을 지원할 수 있는 존재이며 지원을 받는 존재"인 것을 중요시하는 교육 방법이다.

지적 교육 효과와 함께 도덕성을 성장시키는 매우 큰 의미를 갖는다. 일본 피어 서포트 학회 이케시마 노리히로(池島德大) 회장은 다음과 같이 말한다.

> 우리는 피어 서포트의 개념을 바탕으로 '대화'의 중요성, 즉 다양성 이해의 필요성을 배웠습니다. 일본에서 초등학교는 2020년(중학교는 2021년)부터 "도덕"을 "특별 교과 도덕"으로 개선하는 학습지도 요령이 고시되었습니다. 피어 서포트의 내용과 도덕 시간 지도 내용에 많은 점에서 일치되어 있습니다. "주체적이고 대화적인 깊은 배움"을 진행하거나 "토론하는 도덕" 시간이 되도록 창의적으로 추진하는 것이 요구되고 있습니다. "사람을 위해 도움이 되고 싶다"는 순수한 생각을 이끌어 낼 수 있다고 보고 있습니다.

일본의 대학에서는 학생들의 교류를 적극적으로 추진하려는 시도가 많다. 미국에서도 피어 서포트가 사회적 활동을 위한 능력을 향상시키는 데 효과적이라고 보고 있다. 고학년 학생과 저학년 학생들이 학업이나 오락 활동을 통해 유대를 심화하는 활동을 할 수 있는 기회를 제공하고 있다. 프로그램에 참가한 어린이가 사회적 행동을 개선해서 문제 행동 및 정서적 문제를 감소시킨 것들이 많이 보고되고 있다. 이런 '피어 서포트'가 북한의 학교생활 속에서 많이 보인다.

(2) 공부에 관한 피어 서포트

  응답자에 따르면 북한은 학생끼리 서로 가르치는데 이것
이 한국, 일본과의 차이점이다.

  "경쟁을 자주 시킨다." (미화)

  개인 성적은 항상 바닥이었는데, 개인별 경쟁보다 학급
단위 또는 그룹 단위로 경쟁했다. 교원은 학급, 교장은 학교
전체의 성적 향상을 중요하게 여겼다. 응답자 7명 중 6명이
"개인 성적보다 집단의 평가가 크다"고 하고, 한 사람이 "개인
과 반, 다 중요하다"고 응답했다.
  이러한 교육 정책이 유용한 이유는 북한에서는 집단주의
사상을 소학교에서부터 주입받기 때문이다. 집단주의보다 전
체주의라는 표현이 더 적절하다. 이처럼 집단은 국가와 연결
되고 집단을 위한 행동은 결국 집단주의가 된다.
  학생들은 서로 협력한다. 그들은 자기가 속한 반을 위해
공부하고 나아가 학교를 위해 힘을 뭉친다. 응답자의 답변은
다음과 같다.

  "'공부 반'이 있어서 시험 전에는 5명 정도 같이 공부하는 그

룹을 선생님이 만들어요. 수업이 끝나고 하교 후에도 5명이 누구 집에서 같이 공부하게 해요. 공부 잘하는 애랑 못하는 애 섞어서요. 하지만 공부는 하지 않고 놀았지만요." (미화)

"집이 가까운 학생끼리 그룹을 만들어 공부를 시켜요. 수업 끝나면 그 사람 집에 모여서 공부하라고. 여름방학 때도 조 별로 공부했어요." (미화)

"지금 생각해도 개인이 평가받았다는 기억은 없습니다. 평가란 언제나 집단에 대해서였어요. 개인 실적에 대한 평가는 받아본 적이 없어요." (미화)

"학생들은 자기 성적과 상관없이 다른 학생의 성적을 올리기 위해 배워 주는 것입니다. 그래서 학급 전체 성적이 오르게." (지영)

"우리 집이 가난한 것을 선생님이 알고 부잣집 애와 함께 되도록 해 주었어요. 그 애는 어머니한테 선생님에게 준다며 거짓말하고 도시락을 싸서 나눠줬어요. 그래서 나는 수학을 배워 주었어요. 다른 교과는 안 되는데 수학은 잘했거든요." (명희)

"선생님이 성적이 좋은 애와 나쁜 애를 옆에 앉게 해요." (명희)

"공부 잘한 애랑 제일 못하는 애가 같이 공부하게 시키는 거예요. 못하는 애를 배워 주라고 하면 '왜 이런 못하는 애한테 배워 줘야 하나'고 싶었어요. 근데 그 집에 가서 배워 주면 부모님이 감사하다고 하고." (민지)

"군 경기에 나가면 어느 학교의 어느 반이 제일 잘하는지 알기 때문에 시험 전에는 엄청 시켜요. 못하는 애가 있으면 집에 못 들어가게 하고 시키는 거예요." (민지)

"저는 공부를 좋아해서, 실은 못하는 애한테 배워 주는 게 싫었어요." (송희)

응답자를 통해 알 수 있지만 교원의 의지가 없으면 피어 서포트는 실현이 안 된다. 교원의 지시로 학생들은 그룹이 되어 서로 공부를 가르쳐 준다. 학교 전체가 이렇게 움직이고 있기 때문에 학생들도 자연스럽게 서로 가르치는 것이다. 개인 성적이 중심이 아니기 때문에 피어 서포트가 원활하게 수행되는 것이다.

시험 전에는 교원이 학생들을 집으로 보내지 않고 공부를 시키기도 한다.

"학교 성적을 올리기 위해 항상 선생님은 학교에서 회의해요. (교원인 어머니는) 저녁 늦게까지 안 돌아와요. 여동생과

함께 창문에서 밤하늘을 보고 있었죠." (명희)

교원의 학생 성적 걱정은 어중간한 것이 아니다. "학급 성적이 오르면 그만큼 교원 평가도 오른다"고 여러 응답자가 말한다. 명희 어머니도 노동당 당원이 되기 위해 평가를 올리려고 고생했다. 교원은 학생을 위해, 자신을 위해, 학교를 위해 진지하게 학생들의 교육에 임하고 있다.

"공부를 좋아했다"고 답한 응답자는 4명이다. "원래 좋아했다"는 답변 외에 열정적으로 가르쳐 주는 교원과의 관계가 좋았다, 학생들끼리 서로 가르쳐 성적이 올랐다, 벽에 자기 이름이 붙어 기뻤다 등이 이유이다. 반대로 "싫어했다"고 말한 응답자는 2명이며, 2명 다 운동 소조에 소속된 학생이었다.

응답자들은 남한과 일본만큼 공부에 많은 노력을 쏟고 있지는 않은 것 같다. 북한에서는 대학교 진학을 비롯한 좋은 진로를 위해 높은 출신 성분, 뇌물을 포함한 경제력 등이 필요하기 때문에 개인의 공부 성적은 큰 영향력을 가지지 않는다. 이것이 북한 학생들이 공부에 주력하지 않는 이유가 되기도 한다. 다만, 반대로 "내가 가고 싶다고 노력하면 대학에 갈 수 있어요. 성분 탓하는 사람도 있지만 그것은 핑계예요"(2015년 입국, 30대 남성)라고 말한 탈북자도 있다. 시기와 지역의 차이가 있다는 점 또한 밝힌다.

(3) 공부 이외의 피어 서포트

① 강제 활동

피어 서포트 활동의 효과는 공부 이외의 장면에서도 나타난다. 오히려 공부가 다양한 활동 중 하나로 보는 것이 본래 뜻이다. 이에 관한 응답자들의 이야기를 소개하고자 한다.

> "중학교 때 김정일의 지시로 '율동체조'를 시작했거든요. 그거 배울 때 즐거웠어요. 다들 좋아했어요. 우리가 먼저 어딘가에 가서 배워 오고 그것을 학교에서 다른 학생들에게 배워 줬어요. 처음에는 잘할 수 있는 학생만 함께 연습하는데 그 애들이 연습하다가 더 잘하려고 우리한테 오는 거예요. 사람들 앞에서 춤출 수 있는 정도가 되었고 내가 배워 준 애들이 대회에 출전해서 상을 받았거든요. 상을 받았다고 연락 왔어요. 그땐 너무 기뻤어요. 그때를 지금도 기억하고 있어요." (지영)

> "학교 대표 선수를 전국 대회에 보낼 때가 있어요. 그때 교장 선생님이 각 선생님께 그 애들을 위해 쌀이랑 계란 같은 걸 모으라고 해요. 그러면 선생님이 학급 아이들에게 내라고 지시해요. 한 그룹에서 감자 몇 그램, 쌀 몇 그램, 이렇게요. 구체적인 지시는 없고 알아서 하라는 식으로. 선생님이 명령하면 어쩔 수 없으니까 모아야 해요. 그럴 때 자기 조에 돈 많은 아이가 있으면 좋아요. 공부할 때는 돈이 없어도 공부 잘하는 애가 도와주고." (미화)

　"중학교 2학년 때 학생의 수가 늘고 학교가 3층에서 4층으로 높아졌는데 작업은 노동자들이 해요. 근데 시멘트, 철, 유리 같은 자재는 몽땅 학생들에게 가져오라고 해요. 바닷가 가서 모래랑 돌을 구루마에 실어오고 열심히 했죠. 작업할 때도 줄을 서서 운반하고 힘들었어요. 하지만 완공하면 성취감이 있었어요. 내가 만든 우리 학교라는 애정도 생기고…" (송희)

　"칠판이 하얗게 되잖아요. 그러면 검은 색으로 칠해야 돼요. 학생들이 전지를 갖고 와요. 검은 가루(이산화망간)와 계란을 섞어서 칠했어요. 책상도 닦고…" (민지)

"봄과 가을에 집단으로 농촌에 가서 농사일을 하잖아요, 농촌 동원. 그럴 때는 시골에서 온 학생은 베기를 잘해요. 우리가 잘 못하고 힘들어 하면 시골 애는 자기 할당량을 다 하고 다시 돌아와서 우리를 도와 줘요. 그럴 때 고마웠어요." (명희)

위와 같이 북한은 학교에서 필요한 물자를 학생들에게서 수집하며 자급자족을 강요한다. 학급 단위 또는 분조(6~8명 정도) 단위로 분담하여 가져와야 한다. 그것을 '과제'라고 한다. 북한은 학생들에게 강제로 노동을 시킨다. 그 대표가 봄가을 농사일을 하는 '농촌 동원'이다. 이런 일들은 고난의 행군 이전부터 이미 있었고 북한 교육의 약점으로 논해지는 경우가 많다. 그러나 위 증언에서 알 수 있듯이 학생들은 그 제도 속에서도 긍정적인 것을 체득하고 있다.

또한 피어 지원이 공부할 때만 나타나는 협력 관계가 아니므로 주는 자와 받는 자가 교체되고 다양한 상황이 있다. 이런 과정을 통해 서로의 가치를 느끼면서 집단 생활을 하고 있다. 이것은 지식 교육만으로는 도저히 할 수 없는 것이다. 다만 문제는 학생들에게 할 수 없는 일도 포함한다.

"유리창을 가져오라는 과제가 있어서 친구와 함께 남의 집 유리를 훔쳐 학교에 가지고 간 적도 있었어요. 왜 이런 짓을 해야 하냐 한심했어요. 정말 울면서 했어요." (성희)

무리한 과제는 학생들에게 범죄를 저지르게 할 수도 있다. 교원도 그것을 알고 있지만 결과를 만들기 위해 모른 척하기 때문에 문제가 많은 제도인 것은 분명하다. 과제를 낼 수 없는 상황이 계속되면 학생은 처음부터 노력하지 않고 다른 학생에게 저해되는 행동을 벌이기도 한다. 그러나 좋은 측면에서 보면 학생들이 협력하는 노력은 집단의식이 형성되는 결과로 이어지므로 놓치지 말아야 한다.

② 자주적인 집단 활동

협력 관계는 강제로 하는 것이 아니다. 사람은 서로 협력하고 성과를 내면서 일체감이 생기고 다시 협력하려고 한다. 나이 어린 학생도 마찬가지다.

"여름방학이 돼도 같은 조원 집에 가서 공부해요. 순서대로. 우리 조원이 5~6명이어서 그들 집을 돌며 공부해요. 이건 학교 규칙이에요. 누구 집에 가면 부뚜막에 구멍이 뚫려서 연기가 났어요. 그러면 우리 중에 'ㅇㅇ 동무 집에 가서 수리하자' 같은 말이 나와요. 자발적으로. 그러면 우리끼리 논의하다가 담임에게 말을 해요. 담임이 '너희끼리 해 보라'고 지시하면 우리 중에 창고에 시멘트 있는 애가 가져와서 다 같이 구멍을 메워 줬어요. 공부만 하는 게 아니에요. 조원끼리 서로 돕고 하니까 뭐든 하고 싶음 마음이 생겨요." (미화)

"선생님이 아파서 쉬는 날이 있어요. 그때는 반 학생이 다 같이 문병을 갔어요. 안 가겠다는 애는 없어요." (민지)

학교에서 다양한 일을 경험하며 자신의 능력과 개성을 발휘할 수 있는 장점을 찾아내고 그것으로 서로 도우려는 의욕이 생긴다. 경제 상황이 낙후하다 보니 학교 건물 유지 보수나 농촌 동원 등에서 학생들의 인력을 빌리고 있지만 이런 가난한 환경이 오히려 기회가 되어 학교 안에서 피어 서포트 활동으로 이어지고 있다.

(4) 왕따

피어 서포트 효과는 최근 우리 사회에서 큰 문제가 되고 있는 '왕따' 조직 문화에 큰 효과가 있다는 연구가 있다. 북한의 집단 활동은 왕따를 없애는 데 매우 효과적이라고 한다. 함께 협력하여 상과를 만들었거나 상대방의 가치를 알고 있는 학생은 서로를 따돌리지 않는다.

"북한에서는 마음에 안 들면 상대하지 않는 일은 있지만 한 사람을 일부러 괴롭히거나 공격하는 일이 없어요." (지영)

"반 친구나 선생님이 아프면 무조건 어떻게든 도와주려고 해요. 병문안은 반 전체가 다 같이 가요." (명희)

"도시락을 싸서 먼 곳에 갈 때면 옥수수밥을 가지고 오는 사람, 맛있는 밥을 가져오는 사람, 다 다르지만 혼자 먹는 사람은 없어요. 여기(한국)처럼 가난하다고 차별하거나 그런 일은 있을 수 없어요." (미화)

"남한의 왕따는 북한에서 있을 수 없다"고 응답자 전원이 말한다. 남한도 예전에는 왕따가 없었다. 왕따의 원인은 여러 가지고, 점점 증가하는 추세이다. 북한에서도 자본주의 경제가 침투하여 경제적 격차가 커지면서 왕따 문화가 생기는 게 아닐까 탈북자들도 우려하고 있다.

북한에 왕따가 없는 이유는 피어 서포트 효과 이외에 제도가 영향을 주고 있을 것이다. 북한은 소학교 5년과 중학교 6년 동안 학년마다 반 편성을 하지 않고 11년 동안 같은 반에서 학교생활을 한다. 그들은 이렇게 말한다.

"사이가 나빠도 쭉 함께 있을 수밖에 없어요. 차별도 뭐도 없어요. 함께 가니까 친하게 지내는 수밖에 방법이 없잖아요. 그러지 않으면 결국 손해고." (명희)

"뛰어놀기 시작했을 때부터 학교를 졸업할 때까지 언제나 누군가와 함께 있었어요. 10년 이상 같은 얼굴을 보고, 누구의 집이 어떻게 사는지 다 알고 이사도 못가니까 다 같이 서로 도우면서 사이좋게 지낼 수밖에 없어요." (미화)

"계속 같은 사람들과 생활하고 있으니까 벽이 별로 없어요. 어른이 되어 다른 곳에 가더라도 (거기 있는 사람들도) 거의 비슷하게 살기 때문에 북한 사람끼리는 벽이 없이 살 수 있는 것 같아요." (지영)

"항상 누군가가 옆에 있어요. 사춘기 때쯤엔 혼자 있고 싶다는 생각도 있었는데 혼자 있어본 적이 없었어요." (지영)

(3) 교원과 학생의 관계

교원과 학생의 관계는 응답자의 의견이 긍정과 부정으로 나뉜다. 그것은 소학교 5년, 중학교 6년 동안 같은 담임이 반을 맡는 게 큰 영향을 준다. 같은 교원이 몇 년 동안 같은 학생을 담당하기 때문에 교원의 자질이 학생들에게 매우 큰 영향을 주게 된다. 인사이동 등으로 변경될 수 있지만 보통 최소 2~3년은 같은 반을 담임한다고 한다.

응답자가 공통적으로 말하는 것은 북한은 교원의 권위가 매우 높고 학생이 교원의 지시에 무조건 따르는 것을 학생의 기본자세로 생각한다. 교원도 맡은 학생에게 열정을 가지고 대하는 모습이 있었다. 단 "신입 여성 교원에게 남자 학생이 농담하는 것이 보통 일이었다"(40대 남성)는 증언도 있는데, 이는 남한 사회에서도 볼 수 있다.

"북한 선생님은 사람을 키우는 데 열정을 가지고 있어요. 여기와 전혀 다릅니다." (미화)

"선생님은 국가의 추천을 받은 사람이라는 인식을 갖고 있기 때문에 선생님을 모시는 것은 국가를 위해 하는 것처럼 생각했었어요." (순복)

"여기처럼 선생님을 바보처럼 대하는 분위기는 없어요. 선생님의 말은 절대적으로 듣고 반대를 못해요." (지영)

"공부하고 모르는 게 있을 때 새벽 2시에 찾아가도 배워 줬어요. 그 선생님은 우리 학교 선생님이 아니라 친구의 엄마였어요. 나중에 엄마한테 들은 이야기인데 내가 그 선생님을 찾아가 줘서 기뻤다고 하셨고. 근데 친구 엄마가 아니라도 학교 선생님이면 배워 줬을 거예요." (선희)

"중학교를 졸업 때 내 취직이 정해지기 전까지 선생님이 돌봐 주었습니다. 부모가 없는 나를 챙겨 줘도 보상이 없었는데 선생님은 마지막까지 열심히 잘해 주었습니다." (연은)

"너무 좋은 선생님이고 중간(중학교 1~3학년까지 담임)에 교감 선생님이 되어 담임을 그만두고 대학을 막 졸업한 신임 선생이 우리 반을 맡았어요. 그때 우리 반 아이들이 신임 선생님을 반대하고 수업을 보이콧한 적이 있었어요." (민지)

응답자들은 학교 교육의 장점으로 '평등'이라고 말했다. 여기서 말하는 평등은 기회의 평등인 뜻이다. 지영의 이야기로 보면 '돈이 없기 때문에 학원에 다닐 수 없다'와 같은 일이 없다는 뜻이다. 다만 기회는 주지만 교원이 학생에 대해 능력이 없다고 판단하면, 그 교육은 받을 수 없게 된다.

　　"선생님은 모든 학생에게 똑같이 대해 줘요. 완전히 차별 없이 동일한 기회를 주셨어요. 나는 탁구하고 수영도 하고 ○○을 하고 마지막은 ○○을 하고 있어요. 하고 싶은 것 다 할 수 있었어요." (지영)

　　"노래하고 싶은 학생에게 노래시키고 선생님이 보고 능력이 없으면 그만 시켜요. 선생님이 지명할 수도 있습니다. 스스로 손을 들어 '노래하고 싶다'고 할 수도 있었고요. 나는 노래보다 춤이 좋아서 춤 때 손들었어요." (명희)

　　"학비 걱정할 필요 없이 오후 소조에서 공부할 수 있고요. 내가 할 수 있을까 걱정해도 선생님이 (소조에) 가라고 하면 그렇게 할 수밖에 없고요." (선희)

정반대로 말한 응답자도 있다.

　　"학생의 자유는 없었습니다." (미화)

이것이 우리가 인식하는 북한 제도이다. 하지만 다른 응답자의 증언에서 모두가 그렇게 답한 게 아니라는 것을 알 수 있다. 교원은 우수한 인재를 찾는 게 목적이고, 명령을 하달하는 것은 목적이 아니다. 자유를 느끼고 자신의 실력을 자각하는 것은 교원과 학생 개인의 역량에 따라 좌우 되겠지만 탈북자들이 교원을 그리워하는 모습을 보면 북한 교원이 학생을 보는 눈이 있다고 보는 게 어떨까 싶다.

전항의 왕따 문제는 권위를 가지는 교원의 명확한 태도가 큰 역할을 한다. 학교에서 절대 권력을 가지는 자는 교원이다. 교원은 국가에서 지명된 존재이며 학생은 물론 학부모도 교원을 반대할 수 없다.

교원에 대한 부정 평가도 있다. 주로 뇌물과 편애에 관한 것이다.

"뇌물을 받고 학생을 편애하는 선생님이 있었어요. 그런 선생님을 학생들은 싫어해요." (민지)

"나는 선생님이 싫고 무서웠어요. 선생님은 때려요. 공부를 못해도 때리고 과제를 가져오지 않아도 때렸어요. 선생님은 내가 공부 못하니까 싫었던 거죠. 나는 유치원에 안 다녀서 국어를 못했어요." (지영)

"쌀 1kg 갖고 오라고 했는데 못 가져가면 학교에 남아요. 밤까지 학교에 있어요. 해결될 때까지 집에 가지 못한다고 벌을 줘도 해결할 수 없다는 걸 선생님도 알아요. 선생님도 위에서 지시가 내려오니까 어쩔 수 없는 거죠." (지영)

이 문제는 교원 개인의 자질 문제일 것이다. 다른 응답자의 증언에 따르면 뇌물을 요구하지 않는 교원, 학생을 때리지 않는 교원 즉, 학생을 사랑해 주는 교원의 이야기가 더 많다. 하지만 뇌물은 제도적으로 금지되어 있고 경제난 이전에는 그만큼 횡행하지 않았다고 한다. 최근에는 교원의 월급만으로는 살 수 없으니까 다음과 같이 변해 왔다고 말한다. 최근 한국에 입국한 탈북자의 증언이다.

"이전에는 아니었지만 차별하는 선생님의 반에 가지 않도록 최근에는 부모가 교장 선생님에 뇌물을 줘요." (30대 남성)

"자식에게 공부시키고 싶은 부모는 역시 돈을 쓰고 공부할 수 있는 환경을 만들어 가고 있습니다." (20대 여성)

학교생활이 즐겁지 않았다고 응답한 응답자(연은, 40세, 여성)는 일찍 부모를 잃고 오빠, 언니와 살면서 학교에서 요구하는 과제를 거의 못 가져갔다. 중학교 1~2학년 때 담임에게 욕을 먹고 학생들도 그를 욕해서 항상 싸움이 됐다. 학교를 그만둘까 생각했는데 3~4학년에 담임이 미혼의 여자 선생으로 바뀌고부터 부모 없는 연은의 입장을 이해해 주었다.

"선생님이 내 말을 들어줬어요."

그는 "통일되면 제일 먼저 만나고 싶은 사람이 선생님이고, 이름을 기억하고 있어요"라며 담임이 은인이라고 한다. 어려운 환경에서 자란 사람일수록 잘 대해 준 사람에게 감사하는 것은 당연하다.

"선생님이 차별 없이 똑같이 대우해 줬어요."

그에게는 교원이 부모 역할을 해 준 중요한 인물인 것이다.

(4) 이웃 사람들과의 교류

젊은 시절 이웃 사람들과의 교류도 사회적 의식을 키우는 데 큰 영향을 미친다. 여기에서 그중 인상에 남는 내용을 소개하고 싶다.

"학교에서 돌아와 부모가 없으면 같은 옆집에 갔습니다. 거기서 밥도 먹고 부모가 돌아올 때까지 기다렸어요. 우리 동에 16세대가 있었는데 모두 가족 같았어요. 부모가 외국에서 돌아오면 선물을 나누어주었고 다 나에게 잘해 줬어요." (선희)

"쉬는 날에는 이웃들끼리 공원이나 유원지에 가서 식사하고 노래하고 춤도 추고 즐겁게 놀았어요." (선희)

"우리 집이 가난한 것은 주변 사람들이 다 알고 있었고 부모가 늦게 들어오는 것도 알고 있으니까. 오늘은 누구네 집, 내일은 다른 집에 가서 잤어요. 부모가 있을 때는 저녁 밥 먹고 동네 집에 가서 놀고 저도 따라 갔어요." (명희)

"부모는 일찍 돌아가셨지만 이웃들과 잘 지내고 사람들이 우리에게 잘해 줬던 것 같아요. 지금 생각하면 이웃도 우리 집처럼 추방당한 사람이었고 그래서 사이가 좋았던 거죠." (연은)

"아버지는 기술자였고 TV 수리하거나 자전거 수리를 잘해서 우리 집에 물건을 고쳐달라고 찾아오는 사람이 많았어요. 그 때문인지 이웃과 관계가 좋았고 내 시합 때 와서 응원해 주었습니다." (자영)

이웃과의 교제를 부정적으로 말하는 응답자는 없었다. 한 가족처럼 잘 지냈다는 이야기뿐이었다.

"이웃 사이 문제는 없어요. 보위부 사람도 이웃이고 누구라
도 상관없이 잘 지냈어요." (선희)

북한 보위부(保衛部)는 인민을 감시하는 악마처럼 알려져 있
다. 그러나 북한 주민들은 일상생활에서 자신을 해치지 않으
면 그냥 이웃이라고 말한다. 선희의 집은 밀수로 생계를 유지
하고 있었다. 그것을 보위부가 모를 리 없다. 정치적으로 이상
행동을 하지 않는 한 인민의 생활은 매우 평범하게 이루어지
고 있다고 볼 수 있다.

(5) 일관된 교육 환경

교육에 있어 일관된 환경은 매우 효과적이다. 가정과 학
교, 지역 사회가 같은 가치관을 형성하는 것이 성장기 학생에
게 매우 중요하다. 이 시기 선악에 대한 판단과 도덕적인 기준
이 재정립되기 때문이다. 남한 사회에서 학생들이 혼란스러워
하는 것은 자신에게 영향을 미치는 어른들의 의견이 수시로
변화되기 때문이다. 지식은 사람에 따라 바뀌어도 지나갈 수
있지만 도덕성이 바뀌면, 특히 젊은 시절에는 악영향을 받는
다. 그런데 북한에서는 가정, 학교, 지역 사회가 기본적으로
동일한 도덕성을 가지고 있다.

"한 번은 학교에서 남자 애한테 당했어요. 화가 나서 아버지
한테 말을 했는데 아버지가 다음 날 학교에 와서 그 학생 앞에
가서 말했어요. 친애하는 김일성 동지께서 뭐라 뭐라 하시니까
서로 도우면서 잘 지내야야 한다 그러셨어요." (자영)

북한 도덕이 가지는 일관성의 중심은 김일성의 교시에
있다. 도덕적 내용은 극단적인 우상화와 반제국주의적인 내용
을 제외하고는 대체로 '서로 도우며 살자'와 같이 문제없는 내
용이다.

제4장

검토해 보고 싶은 것

이전 장에서는 탈북자들이 학생 시절 집단주의 체제에서 사회적 존재로 살아가기 위한 효과적인 교육 성과에 대해 소개했다. 이 장에서는 북한에 대한 일반적인 인식 가운데 탈북자의 증언을 토대로 재검토가 필요하다고 생각되는 몇 가지를 살펴보고 싶다.

북한 교육의 문제점으로 최고지도자에 대한 우상화 교육, 반미·반한·반일 교육, '무상'이란 글자만 사용한 학교 경영, 부족한 교육 내용, 노동 착취, 행사 동원 등을 꼽을 수 있다. 탈북자들도 그것이 사실이라고 밝혔다. 그렇다고 해서 탈북자들이 북한 교육 환경에서 나쁜 영향만 받았다고 판단하는 것은 잘못된 인식이다. 교육을 단순한 지식 주입 중심이라고 보는 경우 북한의 교육은 시간 부족·편향된 내용 등 문제점이 많다. 그러나 교육을 사회생활의 기초적인 요건을 구축하는 것이라고 보면 북한의 교육은 훌륭한 성과를 올리고 있다고 할 수 있다.

우리는 "악한 생활을 강요당한 인민이 반드시 악한 존재가 될 것"이라고는 생각하지 않는다. 그러나 현실에서는 "혹시 자신에게 피해를 줄 사람"이라고 경계하고, 이방인으로 대하는 경우가 많다. 그러면 우리에게 손해가 된다. 때문에 다시 검토해야 할 것이 많다고 본다.

일단 여기서 4가지만 기재하지만 그 이외 우리가 재검토해야 할 대목은 있을 것이다.•

1. 공산주의 도덕

북한은 2010년 헌법에서 '공산주의'라는 단어를 삭제했다. 그러므로 현재의 북한은 공산주의 이념을 지키는 국가가 아니다. 하지만 이 글에서 '공산주의' 용어를 쓰고 설명하는 이유는 응답자의 인식 가운데 '공산주의'가 긍정적으로 남아 있기 때문이다.

역사적으로 공산주의나 자본주의는 인간의 행복을 기원하며 태어난 사상이다. 실은 탈북자 입에서 나오는 도덕적 공

• 앞서 등장한 탈북자의 진술 내용이 반복되는 부분이 있다.

산주의는 우호적인 인간관계를 맺는 데 필요한 것이다. 그들의 정신 속에 공산주의 장점이 배어 있는 것은 국가의 구석구석 침투된 공산주의적 삶에 의한 것이다. 나는 정치 이념으로서의 공산주의를 긍정하는 탈북자를 만난 적이 없다. 예를 들어 "공산주의가 그렇게 좋으면 한 번 살아보라고 해요. 일을 안 해도 돈이 들어오면 게을러지지 누가 일해요" 등, 그들은 공산주의의 폐해를 잘 이해하고 있다.

응답자가 말하는 도덕으로서의 공산주의를 살펴본다.

"눈앞에서 할머니가 무거운 짐을 지고 가면 도와주는 게 공산주의예요. 한 사람 한 사람의 작은 행동이 축적되어 이상적인 공산주의가 실현된다고 봐요. 학교에서 그런 식으로 배워 줘요." (순복)

"길을 갈 때 구루마(수레)에 짐 싣고 가는 사람을 보면 다 도와줘요." (민지)

"교장 선생님에게 큰소리로 인사하잖아요. 그러면 '동무, 몇 학년 몇 반이야?'라고 물어요. 내가 '몇 반 누구'라고 대답하면 교장 선생님이 내가 인사 잘했다고 담임에게 알려 주고 칭찬받게 해 줘요." (지영)

친구나 도움이 필요한 사람을 적극 도와주면 칭찬을 받

는다. 특히 적극적으로 칭찬하는 교육 정책은 학생의 도덕적 행동을 고양시키는 데 큰 영향을 준다. 학생들에게 칭찬은 격려가 되고 자신의 가치를 느끼는 중요한 순간이다. 학생들이 앞다퉈 도덕적인 행동을 하려고 하는 모습이 떠오른다.

응답자들은 공산주의를 "이상적인 국가상(國家像)"(미화)으로 생각하고 있다. 탈북자들은 모든 사람들이 평등하게 사는 공산주의가 이상적이라는 것을 부정하지 않는다. 하지만 "공산주의가 실현 불가능한 환상이고, 현실은 김 부자 정권 유지를 위한 수단"에 그친다는 의미에서 공산주의를 부정하는 것이다.

북한의 공산주의를 말할 경우 위정자가 계획한 공산주의(주체사상)와 인민의 의식 속에 있는 공산주의가 서로 다르다는 것을 알아야 한다. 남한 국민이 의식하는 공산주의와 탈북자가 말하는 공산주의는 매우 다르다.

2. 생활총화

공산주의와 피어 서포트가 학생들의 도덕적 정신 육성에 좋은 영향을 주고 있다고 말했다. 서로 협력한 경험들이 영향을 주고 있다고 본다. 그런데 탈북자들이 입을 모아 "나쁜 기억"이라고 말하는 것이 '생활총화'이다.

북한은 모든 학생이 소학교 2학년이 되면 '소년단'이라는 정치적 조직에 들어가고 그때부터 생활총화가 시작된다. 생활총화는 자기비판과 상호 비판을 하고 반성하는 방식으로 진행된다. 이 제도는 초기에는 한 달에 한 번 정도 이루어졌지만 1967년 이후 유일사상 체계가 강화되면서, 현재는 주 1회 1시간 정도 진행된다.

"경애하는 김일성 원수님께서는 인민을 사랑으로 바라보고 계신다. 그런데 ○○ 동무는 어제 길에서 고생하는 할머니를 돕지 않고 지나갔다. 그것은 인민 사랑과 반대되는 것이므로 ○○ 동무를 비판한다"와 같이 다른 사람을 비판한다. 그리고 지적된 학생은 그에 대해 자신의 잘잘못을 반박한다.

매번 같은 구성원으로 생활총화가 이루어지므로 사실상 형식에 지나지 않는다. 더구나 학생들은 비판하는 상대가 한 동네에 사는 친구이고 정치적 이데올로기는 없다.

"정치적 문제를 제기하면 학생이나 교원이나 문제가 생기기 때문에 진짜 문제는 피해요." (명희)

정치적으로 문제를 일으키면 그 학생은 '생활 기록부'에 찍히고 취업 등 사회생활에 불이익을 당한다. 그것은 학생도 교원도 바라지 않는다. 생활총화 전 학생들 간에 "이번 주는 내가 욕먹고 다음 주는 너 차례"와 같이 서로 합의하에 형식상 비판을 한다. 제도상 생활총화 형식을 어길 수 없으니 교원도 학생도 무난하게 지나갈 수 있는 방법을 찾은 것이다.

생활총화는 형식적이어서 지적을 받는 순간 잘못했다고 인정하고 지나가면 서로 부담이 되지 않는다. 하지만 지적받은 내용이 사실인데 서로 합의가 이뤄지지 않으면 나중에 관계가 나빠지거나 싸움이 될 수도 있다. 이에 학생들은 자연스럽게 도덕적인 행동을 하기 위해 노력한다.

생활총화는 소학교 2학년부터 고급 중학교 졸업까지 매주 되풀이되기 때문에 비판받기 싫은 사람이라면 자신을 다잡는데 효과적인 측면도 있다. 학생들은 비판받지 않으려는 노력으로 도덕 수준이 올라가는 것을 자각하게 된다. 내가 아는 탈북자의 도덕의식이 높은 것은 그런 영향이 크다고 생각된다.

생활총화에 관해 흥미로운 것이 있다.

"비판을 받으면 그냥 듣기만 하면 안 돼요. 이유를 말해야 해요. 왜 그렇게 행동했는지 말하라고 해요. 자기비판도 이유 와 변명을 해요." (지영)

비판을 받으면 "할아버지를 못 도와준 이유는 어느 동무가 불러서 뛰어가던 길이어서 할아버지를 못 봤기 때문입니다" 또는 "너무 배고파서 물건 들어줄 힘이 없었습니다"라거나 "무조건 잘못했습니다" 같이 타당한 이유가 요구된다. 어릴 때부터 매주 이런 훈련을 받으면 이야기를 듣고 거기에 대응하는 능력이 향상되기 마련이다.

우리 공장에서 일하는 탈북자와 대화하면 대답이 빠르고 명확하다. 우리 공장은 한국인, 탈북자, 일본인 직원들이 매주 월요일 미팅을 한다. 그 시간은 주로 '꿈의 실현 방법'과 같은 책 내용을 가지고 대화를 나눈다. 미팅 시간이 되면 일본인은 고개를 숙이고 조용하게 말이 없는 편이다. 하지만 탈북자들은 다르다. 성격이 부드럽거나 강하거나 상관없이 질문을 받으면 그것에 대해 자기 생각을 분명하게 말한다. 처음에는 '산전수전 겪으며 이곳까지 살아왔으니까 그렇다'고 생각했다가 생활총화 이야기를 듣고는 고정관념이 바뀌었다. 내 생각을 지영에게 말했더니 그는 "글쎄요. 그러면 생활총화가 효과 있었네요" 하고 웃었다.

3. 북한의 집단주의

집단주의는 북한과 다른 국가의 가치관을 비교하고 논하는 데 매우 중요하다. 북한에서 개인주의라는 말은 개인이기주의로 표현된다. 즉 탈북자에게 개인주의와 이기주의는 동의어다. 개인주의는 "개인이 국가와 사회에 개인의 권리와 자유를 존중해 달라고 주장하는 것"이나 "국가와 사회의 중요성은 개인의 존엄에 유래하고 있다"라고 이해하는 탈북자는 별로 없을 것이다. '개인주의', '집단주의'라는 말이 전 세계적으로도 명확한 정의가 없는 것이 현실이지만 북한 특유의 집단주의와 개인주의의 정의를 응답자의 답변에서 다음과 같이 생각해 봤다.

> "가족을 위해 장마당에서 돈을 버는 사람은 개인주의에요. 가족을 위한 것은 나라와 상관이 없기 때문에 집단주의적 활동이 아니라 개인주의적이고 이기주의적인 것입니다." (순복)

내가 "가족이라는 집단을 위해 개인이 희생하는 것은 집단주의 사고방식 아닌가요?"라고 질문해 보았지만 "그건 집단주의가 아니다"라고 분명히 대답했다.

북한에서 인정되는 올바른 집단주의적 활동은 그것이 국가 정책에 부합하는지 여부에 달려 있다. 개인의 행동이 국가의 승인을 얻으면 집단주의적 활동이고, 국가의 승인을 받지 못하면 이기적인 행동이 된다. '청소를 게을리하는 학생이 이기주의자로 비난받고 국가에서 파견된 선생님의 지시를 따르지 않는 것도 개인주의에 속한다. 즉 그들이 인식하는 이기주의는 '자기만 편안하려는 행위뿐 아니라 국가나 상부의 지시를 따르지 않는 것도 그 범주에 포함시킨다'고 봐도 될 것이다. 우리가 일반적으로 말하는 집단주의는 '자신이 속한 집단의 이익을 위해 행동하는 것'이지만 북한은 '국가에 연결된 집단 모두를 국가로 인식하고 그것에 희생·봉사하는 것'을 집단주의라고 여긴다.

북한은 집합·결사의 자유가 없다. 이웃이 모여 식사를 해도 보고를 해야 하고 신고 없이 가족, 친척, 이웃이 모이는 행위가 허락되지 않는다. 먼 곳에서 친척이 찾아와도 1박 이상 머물 시 신고할 의무가 있다. 그들에게 집단은 국가에 의해 결정된 것이고 개인의 의지로 만든 그룹은 인정되지 않는다. 따라서 집단을 스스로 선택하거나 가입·탈퇴할 권리가 없다.

북한 인민에게 집단주의는 무조건 국가를 위해 봉사하는 것을 의미한다. 탈북자들과 교류하고 일하다 보면 그들이 그룹을 위해 봉사하는 모습을 자주 볼 수 있다. 즉 그들은 매우 원활하게 사회 활동을 하는 사람들이다.

집단 활동을 유지하기 위해서는 다양한 요소가 필요하다. 질서·규범·규칙, 타인에 대한 배려와 격려 등이다. 일본인인 내가 공장에서 같이 일하는 사람들을 볼 때 질서, 배려, 격려에 우수한 그룹은 탈북자, 일본인, 한국인 순이다.

4. 북한의 수령관(首領觀)

　명희는 할아버지 때부터 국가와 당을 위해 충성, 봉사하는 집에서 자랐다. 학교에서도 사회주의노동청년동맹 위원장으로 활동했다. 하지만 당의 지시를 완벽하게 따르는 그의 집은 가난했고 먹을 것이 없어 그는 중국으로 건너갔다.

> "먹을 게 없어서 중국으로 건너갔는데 처음에는 수령님에게 미안하고 죄송해서 보낼 곳도 없는데 편지를 썼어요. 수령님 이렇게 도망친 나를 용서해 달라고. 중국에서 김일성을 나쁘게 말하는 사람에게 화도 냈어요. 왜 우리 수령님 모욕하느냐고, 그런 죄책감이 없어지기까지 2년 반이 걸렸어요." (명희)

　현재 명희는 기계 제조 회사에서 근무하고 있다. 남한에 와서 배운 기술로 취업하고 성실하게 일하다 보니 회사의 신뢰를 얻고 있다. 그는 회사를 위해 일한다는 의식이 강하고 내가 부탁하는 일에도 불평 없이 응해 준다. 현재 그의 국가에 대한 인식은 다음과 같다.

> "지금은 북한 정권에 배신당했으니까 애국심은 없고 정치가들 안 믿어요. 근데 회사 사장은 나에게 급여를 주는 사람이니까 잘해야겠다는 마음이 있죠." (명희)

문옥은 중학교 때 분단 위원장이었다. 그는 김일성에 대해 이런 말을 했다.

> "김일성이 죽었을 때 어떻게 할까 생각했어요. 나뿐만 아니라 백성들이 다 슬퍼하고 슬퍼했습니다." (문옥)

우리는 김일성의 죽음에 대해 인민들이 억지로 슬픔을 연기했다고 알고 있지만 탈북자들은 진짜로 슬퍼했다고 증언한다.

> "김정일의 생일 등 명절 준비를 위해 교실을 장식하잖아요. 밤늦거나 춥거나 해도 즐겁게 하고 있었어요. 원래 억지로 하는 건 싫어서 즐겁게 했어요." (문옥)

북한에서 실제로 김일성을 만난 사람은 별로 없다. 그들이 알고 있는 김일성은 예수님과 부처님 못지않은 인격자이다. 개인마다 차이는 있지만 북한 인민은 그렇게 믿고 있다. 모든 인민은 말을 떼면서부터 매일 김일성을 '경애하는 아버지'라고 노래하고 충성을 맹세해야 한다고 세뇌를 당한다. 그러다보니 성인이 되어도 제일 존경하는 인물이 김일성이고 그에 대한 신뢰는 변함이 없다. 실제로 북한 인민에게 김일성은 예수님, 부처님처럼 신격화되어 있다.

여기서 주목해야 할 것은 그들은 실제의 김일성이 아닌 '만들어진 수령님'에게 경의를 표했다는 것이다. 만들어진 수령님은 인민을 위해 일하는 일꾼이고, 노인·어린이·여성을 사랑하고 악한 원수에 대항해 목숨을 걸고 싸워 이겼다. 그는 무력·전술·지혜 모든 면에서 우수한 '김일성'인 것이다.

북한 인민은 신이면서 인간으로서의 매력까지 겸비한 사람을 숭배한 것이다. 내가 주장하고 싶은 것은 그렇게 매력이 있는 존재라면 숭배하는 것이 당연하다는 점이다. 그렇게 김일성을 숭배하는 것 자체는 문제가 없고 정상적인 정신 상태이다. 즉, 북한 인민들이 김일성을 숭배해 왔다고 해도 아무 이상함이 없고 예수님이나 부처님을 숭배하는 사람과 차이가 없다고 봐야 한다.

"김일성은 자기 쪽 사람을 정말 소중히 했던 것 같아요."
(명희)

"북한 정권 초기 김일성과 함께 활동한 사람들은 정말로 국가를 위해 모든 것을 던지고 일했다고 해요." (문옥)

탈북자들은 학교에서 배웠던 김일성과 역사적 사실의 김일성의 차이에 많이 놀란다. 사실을 알고 난 후에는 김일성을 존경한다고 말하지 않는다. 그러나 김일성을 믿었던 할아버지나 교원은 부정하지 않는다. 변함없이 그들을 존경하는 사람으로 기억하고 있다.

그러므로 북한의 지도자에 대해 탈북자들이 어떻게 느끼는지 선도할 필요는 없다고 생각한다. 그들은 자연스럽게 자신의 생각을 수정해 나갈 것이다.

제5장

집단주의, 개인주의와 공동체 감각

개인주의적 사상이 강한 미국에서는 집단주의를 잘못된 사상인 것처럼 말하는 경우가 많다. 그러나 사람은 자신이 속한 집단이나 공동체를 넓은 시야로 바라볼 필요성이 있다. 공동체에 기여하는 것이 결과적으로 자신의 이익과 연결된다는 것을 부정하는 사람은 없다. 이곳에서는 집단주의와 개인주의의 관계를 생각해 보고 논의를 확장해 보려고 한다.

이후 집단은 공동체에 포함되므로 같은 의미로 사용한다. 단, 인용 자료 등에 따라 사용된 단어가 달라서 그 주장에 따라 선택하도록 한다.

1. 집단주의와 개인주의의 관계

일반적으로 집단주의는 개인의 이익보다 집단과 공동체

의 이익을 우선하는 것을 의미한다. 집단주의의 정반대에 있는 것이 개인주의라고 알려져 있다. 집단주의와 개인주의에 관한 연구가 활발히 이루어지게 된 것은 1980년경이다. 그 계기는 네덜란드의 심리학자 길트 홉스테데(Geert Hofstede)가 발표한 '홉스테데 지수(문화 차원 이론, Cultural Dimensions Theory)'●이다. 가장 개인주의 의식이 강한 국가는 미국이고, 그 다음으로는 호주, 영국과 유럽 국가들이 상위를 차지하고 있었다. 일본은 22위, 한국은 40위, 에콰도르, 파나마 등 중남미 국가가 하위를 차지하고 있다. 기본적으로 집단주의적이라고 인식되는 일본이 중간 정도에 있는 것이 홉스테데에게도 의외였다고 한다.

일본인의 대부분은 자신의 국가 문화를 집단주의적이라고 인정하고 있고, 그러한 일본인들에 대한 연구도 많다. 그중에 다카노 요타로●●는 일본인이 집단주의라는 인식은 착각이라는 반대 관점을 제시하고 있다. 다카노는 개개인을 대조 · 비교해도 미국인과 일본인 중 어느 쪽이 집단주의적인가 하는 차이를 인정하지 못한다고 주장한다. 그는 집단주의 문화에서

● 다양한 나라의 문화(국민성)를 정량적(定量的)으로 측정하여 지수화하려고 한 연구자가 길트 홉스테데(Geert Hofstede)이다. 홉스테데는 미국 IBM의 약 40개국 11만 명의 직원을 대상으로 행동 양식과 가치관에 관한 설문 조사를 실시하였고, 1980년에는 그 나라의 문화와 국민성을 수치로 나타낼 수 있는 '홉스테데 지수(문화 차원 이론)'를 개발했다.

●● 다카노 요타로(高野陽太郎: 도쿄대학 인지과학 교수), 『집단주의라는 착각(集團主義 という錯覺)』, 2008.

생활하는 일본인이 더 개인주의적이며, 미국인은 집단주의적이라고 볼 수밖에 없다고 주장한다.

다카노는 일본인의 집단주의를 부인하지만 집단주의와 개인주의에 우열을 주장하지는 않는다. 또한 리처드 니스벳(Richard E. Nisbett)은 "많은 미국인들이 개인주의 전통이 인간관계를 소원하게 만든다는 것을 알게 되고, 사회적 규범과 질서의 붕괴를 막기 위해 동양의 공동체 모습에 주목하고 있다"고 말한다.

나는 그들과 의견을 같이하며, 개인주의와 집단주의를 '반목'하는 의미로 구별하면 안 된다고 판단한다. 건강한 인간은 본인의 양심에 비추어 개인적인 측면과 집단적인 측면의 균형을 취하려고 하기 때문이다.

국가에 상관없이 부모는 자식에게 "네가 좋아하는 일을 하면서 행복하게 살아가길 바란다"고 기원하면서도 "너는 너만 생각하지 말고 가족을 위한 행동을 하라"고 가르친다. 그리고 그러한 부모의 교육을 자녀도 납득한다.

한국, 일본 등 동양의 축구팀을 남미 등의 서양 팀과 비교할 때, 그 장점으로 엄격함, 규율, 연대 등을 꼽는 경우가 많다. 동양인은 집단주의적이어서 동양 선수는 팀에 공헌하는 것이 자신의 기쁨이 된다는 것을 알고 있다. 팀의 기쁨과 개인의 기쁨이 선수 본인들 안에서 연대되어 있는 것이다.

스포츠 팀 이외에도 건강한 상태의 집단은 개인의 이익과 집단의 이익이 적절한 균형을 유지하면서 운영되고 있다. 개인과 집단의 이익 추구에서 어느 한쪽을 앞세우는 것이 아니라 균형을 유지하는 것이라는 걸, 우리는 생활 속에서 자연스럽게 느끼고 있다.

2. 이기주의

집단주의와 개인주의보다 경계해야 할 것이 있다. '집단이기주의'이다. 남한에서도 사회학적으로 문제시되는 것이다. 사전을 보면 "특정 집단이 공동체 혹은 국가 전체 이익을 고려하지 않고 자기 집단의 이익만을 고집하는 사회 현상"•이라고 되어 있다.

집단이기주의는 자신이 속한 공동체의 이익과 개인의 이익을 보호하기 위해 다른 집단에 해를 가하는 것에 정당성을 주장하려고 한다. 집단이기주의는 규모가 커질수록 형태가 복잡해서 문제 해결이 어려워진다.

• 한국민족문화대백과사전, '집단이기주의(集團利己主義)'(http://encykorea.aks.ac.kr/Contents/Item/E0068921).

원자력 발전소 문제가 집단이기주의의 현저한 예이다. 자신이 살고 있는 주거지 근처에 원자력 발전소가 건설·운영되는 것을 원하는 사람은 없다. 그러나 국가와 개인을 위해 전력이 필요하고 그 전력을 생산하는 공장이 근처에 건설되는 것을 감수하는 것이 이상론이다. 만약 모든 지역에서 반대한다면 안전한 발전 기술이 개발될 때까지 개인은 절전을 할 수밖에 없다. 하지만 사람들은 "건설도 반대, 절전도 반대"라는 시위 활동을 집단에서 한다.

이 문제는 개인주의나 집단주의에 원인이 있는 것이 아니다. 이기심에 핵심이 숨어 있다. 일반적으로는 개인주의와 집단주의가 반목하고 있다고 알려져 있지만 실은 개인주의와 개인이기주의, 집단주의와 집단이기주의가 반목하고 있는 것이다.

행복한 가정을 보면 일목요연하다. 행복한 가정은 개인도 가정도 행복하고 어느 쪽이 더 중요하다고 생각하지 않는다. 어머니가 병에 걸리면 온 가족이 간병을 하고 어머니의 일을 분담한다. 아들의 수험 공부 시기에는 다른 식구가 피해를 감수한다. 부모의 결혼기념일을 축하하고 딸의 생일을 축하하며, 개인과 가족 모두 행복해지기 위해 서로 희생과 봉사를 한다. 이런 이상적인 집단주의·개인주의가 사회에서 실현되지 않으면 사회적 문제를 일으킬 수 있다고 나는 생각한다.

이 문제를 쉽게 결론지을 수는 없지만 내가 확인하고 싶은 것은 기존의 집단주의와 개인주의는 불완전한 것이며, 장점도 단점도 존재하고 있다는 점이다. 개인과 집단은 다른 개인과 집단에서의 관계 속에서 장점을 수수하며 공존해야 함을 인식해야 한다. 한국처럼 공산주의와 대치하는 나라는 집단주의에 민감할 수밖에 없지만 사람이 사회적 존재임을 감안할 때, 개인과 집단 양쪽을 긍정적으로 파악할 필요가 있다고 강조하고 싶다.

3. 아들러(Alfred Adler)의 '공동체 감각'

1) 알프레드 아들러(Alfred Adler)

알프레드 아들러(Alfred Adler)는 프로이트(Sigmund Freud), 융(Carl Gustav Jung) 등과는 다른 견해를 가진 심리학자이다.

일본에서 아들러의 심리학은 소년기의 학교 교육에서 '아이를 적정하게 교육함', '어떤 어른으로 키울까?'라는 관점에서 권위주의적인 교육이 아니라 아이를 지원하는 형태로 활용되고 있다. 강제하고 강요하는 북한의 교육 제도와 다르게 보이지만 많은 공통점이 있다. 아들러 심리학을 바탕으로 북한 집단주의의 긍정적인 면을 보면 보이지 않았던 것들이 보인다.

아들러 심리학 중 주목하는 것은 '공동체 감각'이다. 그가 처음 이 단어를 사용한 시기는 제1차 세계대전 복역 중 사회주의를 신봉할 때였다. 그는 러시아 혁명의 현장을 보고 사회주의에 환멸을 느끼고 미국으로 이주했다. 두 세계를 경험한 아들러는 정신적으로 문제가 있는 환자를 진찰하면서 자유주의·사회주의를 넘어선 이상적인 사상으로 '공동체 감각'의 중요성을 확신한 것이다. 개인을 대상으로 한 심리학이면서 집단, 공동체를 강하게 의식하는 것은 아들러가 이상적인 사회주의 세계를 추구하고 있던 점에 원인이 있는 것 같다. 그런 의미에서 북한 인민의 심리를 보는 데 흥미로운 점이 있다.

아들러 심리학은 사용하는 단어가 평이하여 '그냥 상식'이라고 여겨질 정도로 이해하기 쉬운 것이 특징이다. 하지만 이러한 평이함이야말로 아들러 심리학이 누구에게나 적용할 수 있는 보편적인 진리를 가지고 있다는 것의 방증이라고 볼 수 있다.

아들러가 정신의과 활동 30년 만에 출간한 『살기 위해서 중요한 것은(The Science of Living, 1929)』의 결론 부분을 인용해 그의 심리학을 쉽게 소개하고 싶다.

"주저 없이 단언한다. 개인 심리학의 방법은 열등 문제에서 시작해서 열등 문제로 끝난다."

열등감은 누구에게나 있고 살아있는 한 필연적으로 일어나는 것이다. 열등감은 위축되거나 남을 폄하하는 방향으로 행동을 이끌어 가지만 개인의 성장을 위한 노력으로 연결하는 것이 필요하다. 사람은 열등감을 느꼈을 때 자신의 태도를 선택하는데, 그 선택 방법을 아들러는 '라이프 스타일(Life Style)'이라고 정의한다. 그는 라이프 스타일을 성격과 거의 같은 의미로 사용하지만 본인의 노력으로 바꿀 수 있다는 의미를 강조하기 위해 '성격'이 아니라 '라이프 스타일'이라는 말을 선택했다.

라이프 스타일이 형성되는 시기는 10세• 전후라고 되어 있다. 사람이 열등감을 느낄 때 자신의 가장 효과적인 수단은 "적절한 공동체 감각을 기르는 것이다"라고 말한다. 사회성을 체득하고 사회에 적응하도록 지도하면 모두가 가지고 있는 열등감을 제대로 활용할 수 있게 된다는 것이다. "공동체 감각과 사회적 협력은 개인을 구제하는 역할을 하고 있다"고 말했다. 또 라이프 스타일은 10세 정도까지 형성되지만 그 후에도 교육 등에 의해 수정이 가능하다고 말한다.

• 실제 아들러는 5세 정도라고 언급했지만, 그 후 제자들이 후속 연구를 통해 10세로 수정하였기 때문에 현재는 10세로 통용되고 있다.

2) 공동체 감각과 북한 집단주의 교육

공동체 감각을 독일어로 하면 'Gemeinschaftsgefühls'인데 아들러는 'Gemeinschafts(=사회, 합동)'과 'Gefühl(=마음, 감각)'라는 단어를 선택하고 영어에서는 'Social-interest'를 선택했다. 영어로는 '사회적 관심'이라는 의미가 된다. 영어로 이 단어를 선택한 이유는 공동체를 닫힌 공간으로 파악하지 않고 타인에 대한 관심을 강조하기 위해서이다. 한국어 '공동체 감각'은 원어인 독일어 의미에 더 가깝다.

공동체 감각과 북한 집단주의와의 유사성을 살펴보자.•

(1) "인생은 전체를 위하여 기여하는 것을 의미한다"

아들러는 사람의 고민은 모든 인간관계에서 온다고 단정했다. 사람은 다른 사람과 밀접한 관계를 가지면서 사회생활을 하고 있다. 그것을 "개인은 단지 사회적 관계에서만 개인으

• 아하 참고문헌은 다음과 같다(일본 서적을 참고하였고, 도서명은 한국어로 직역하여 표기했다). 알프레드 아들러(Alfred Adler), 『인생 의미의 심리학 상·하(人生意味の心理學 上·下)』, 『아이의 교육(子供の教育)』, 『성격의 심리학(性格の心理學)』, 『인간지(人間知)의 심리학(人間知の心理學)』(アルテ, 2008~2010), 『살기 위해 중요한 것(生きるために大切なこと)』(方丈社, 2016); 기시미 이치로(岸見一郎), 『아들러 심리학 입문(アドラー心理學入門)』(ベスト新書, 1999); 노다 슈사그(野田秀作), 『용기를 주는 방법(勇氣づけの方法)』(創元社, 2017).

로 되어 있는 것이다"라는 표현을 사용한다. 사람은 다른 사람과의 관계에서 자신을 인식한다는 뜻이다. 이름이 필요한 것도 다른 사람과 구별하고 자신을 부르기 위해서이다. 만약 사람이 완전히 혼자 살아간다면 언어도 필요 없다. 사람은 항상 혼자가 아니라는 것이다.

사람은 혼자가 아니라 인간관계를 맺으면서 살아간다. 중요한 것은 다른 사람의 입장에 서서 생각할 수 있는 감각 즉, "타인의 눈으로 보고, 타인의 귀로 듣고, 타인의 마음으로 느끼는 것"이다. 이러한 감각이 공동체 감각에 있어서 매우 중요한 요소라고 한다. 상대는 한 명만을 의미하는 것이 아니라 자신과 관계있는 사람 모두에게 확대된다.

> "인생은 전체를 위해 기여하는 것을 의미한다. 인생의 의미
> 는 기여, 타인에 대한 관심과 협력이다."

이것이 사회적 존재인 인간의 이상적인 생활일 것이다. 이타적인 행동에 대해 이견을 말할 사람도 있다. 다른 사람을 위해 존재하기 전에 먼저 자신을 생각해야 한다는 견해이다. 그러나 아들러는 그것을 부인한다.

> "자신의 일만을 생각하는 사람은 다른 사람과 협력할 수 없

고 문제가 발생했을 때 책임을 남에게 전가한다. 그런 사람은 자신의 과제를 해결할 수 있는 기회까지 스스로 잃어버리고 결국 본인도 성장할 수 없게 된다."

아들러의 관점은 이타적인 행위가 다른 사람에게 도움을 줄뿐만 아니라 공헌이 본인의 성장으로 이어지고 공동체에서 자신의 가치를 높인다고 한다.

공동체는 구체적으로 가족, 학교, 사회, 국가, 인류 등을 말한다. 아들러가 사람을 위해 필요하다고 하는 공동체는 과거·현재·미래의 모든 인류와 생물, 비생물까지 포함한다. 그는 공동체를 "모범적인 이상", "도달할 수 없는 이상", "인류가 완전한 목표에 도달할 때 생각하는 영원한 것" 등으로 표현했다. 실제 생활환경을 볼 때, 단순히 사람들이 모여 있는 공동체는 많이 존재하지만 이상적인 공동체는 많지 않다. 사람이 성장하기 위한 데 있어 자신이 지금 속한 공동체를 전제(前提)로 하는 것보다 이상적인 공동체 건설을 목표로 하는 것이 긍정적인 영향을 준다. 따라서 아들러는 가능한 한 넓은 범위의 공동체를 의식하는 것이 사람의 성장에 좋은 영향을 준다고 생각하는 것이다.

'전체를 위한 공헌'이야말로 북한 인민이 받은 교육의 핵심이다. 북한은 생활의 모든 면에서 국가를 위해 희생할 것을 강요한다. 이런 의미에서 아들러와 북한의 사상은 동일하다.

북한의 공동체를 보자. 북한에는 두 공동체 개념이 있다. 하나는 눈에 보이는 나라와 나라를 구성하는 가정, 학교, 기업 등이고 다른 하나는 지도자가 내세우는 '이상적인 사회주의 국가'이다. 북한은 다른 나라와는 달리 정신론 즉, 이상론을 언급하면서 민중을 고무하는 경향이 강하다. 예를 들어 김일성은 다음과 같이 말한다.

> "공산주의 교양에서 중요한 문제는 낡은 사회에서 물려받은 개인주의와 이기주의를 배격하고 노동자가 국가와 사회의 이익을 존중하고 서로 돕고 이끌어주는 집단주의 교육을 하는 것입니다. 우리는 '하나는 전체를 위하여, 전체가 하나를 위하여'라는 구호를 더욱 높이 들고 공화국 북반부를 빨간색 일색으로 만들고 우리 사회 전체를 정착 · 단결된 하나의 대가정으로 만들기 위해 투쟁해야 합니다."

북한에서는 일반 인민이 국내외의 정보를 충분히 얻을 수 없다. 국가 운영에 해로운 정보는 전달되지 않고 현실이 어려운 상황에서는 이상적인 국가를 의식화하기 때문에 정신론으로 무장한다. 북한 인민이 인식하는 공동체는 눈앞에 있는 공동체보다 이상적인 국가상이다. 그것은 아들러가 생각하는 공동체와 유사하다고 할 수 있다.

또한 북한은 한국전쟁 이후 잿더미에서 이상적인 국가 건설을 목표로 했다. 그들은 사치를 잘라 버리고 이상 국가를 건설하기 위해 국가 전체가 하나가 되어 1960년대까지 경제성장을 이루었다. 그 시기 인민의 노력으로 건국한 국가의 모습이 이상 세계를 향한 기대에 매우 큰 영향을 주었던 것이다. 경제적 침체기에도 집단주의 정신이 부정되지 않고 북한 문화로 정착할 수 있었던 이유는, 국가에서의 압력뿐만 아니라 온 인민의 성공 경험 때문이라고 볼 수 있는 것이다.

성장을 위해 현실의 공동체에 시선을 맞추는 것이 아니라 이상 세계까지 의식하는 것은 아들러와 북한이 비슷하다고 봐야 한다.

차이는 북한의 전체는 어디까지나 조선민주주의인민공화국이고 범위를 확대해도 조선 민족이나 우방국까지이다. 이것은 아들러의 전체 공동체와는 다르다. 다만 북한 이외의 세계를 본 적이 없는 많은 인민에게 그것은 전 세계와 같은 의미가 될지도 모른다.

(2) "공체 감각은 현존하는 사회에 적합한 것이 아니다"

아들러는 공동체에 기여해야 한다고 주장했지 조직에 적응해야 한다고 강조하지 않았다. 공동체 감각은 모범적인 이상을 의식하면서 활동하기 위한 것이지 사람이 현존하는 사회에 적합하기 위한 것이 아니다.

사람은 사회생활을 하면서 여러 공동체에 속하게 된다. 자신이 속한 가장 가까운 공동체의 이익과 그 공동체를 포함하여 더 큰 공동체의 이익이 상반되는 경우 큰 공동체의 이익을 우선하는 것이 적절하다고 아들러는 생각한다. 그것을 보여 주는 에피소드가 있다.

제1차 세계대전 중 군의관이었던 그는 정신적으로도 상처를 입은 군인의 외상을 치료하면서 몸이 회복되어도 전선에 복귀시키면 안 된다고 판단했다. '동포를 위한 살인'을 강요하는 국가는 이상적인 국가의 상태가 아니라고 판단한 것이다. "이미 패배가 거의 결정되었음에도 불구하고 지휘관이 병사 수천 명을 죽음으로 내보낸다면 그 사령관이 아무리 '나라를 위해'라고 주장해도 동의할 사람이 없을 것"이라고 아들러는 판단한 것이다. 병사를 죽음으로 내모는 자포자기의 국가보다 인간이 원하는 평화로운 국가와 세계가 더 큰 공동체라고 판단했다는 것이다. 이것은 공동체 감각이 공동체를 위해 존재하는 것이 아니라 공동체 감각을 가지는 개인을 위한 것이라는 생각으로 통한다.

이러한 내용은 북한의 집단 제도와는 분명히 다르다. 북한에서는 개인의 이익 추구를 개인이기주의로 구분하고 집단·국가에 대한 공헌만을 요구한다. 1990년 후반 고난의 행군 시기에도 국가에 대한 요구는 줄어들지 않았다.

> "군에 주는 지원을 줄이고 주민에게 분배했었다면 그렇게 많은 사람이 죽지 않았다고 생각합니다." (미화)

능력이 있는 학생에게 영재 교육을 실시하고 높은 지위와 경제적 이익을 주려고 하지만 그것은 나라를 위한 공헌을 전제로 한 것이다. 그리고 지위가 높아지면 그만큼 국가에 대한 충성이 요구되고 배신과 숙청될 위험을 수반한다.

북한의 전체에 대한 기여는 국가·원수를 위해 최우선이 되고 국가가 인민을 우선하는 것은 없다.

> "'하나는 전체를 위하여, 전체는 하나를 위하여'라고 하는데 한 사람을 위해 해 주는 게 없죠." (명희)

북한의 집단주의 교육 제도와 아들러의 공동체 감각이 다른 점을 하나 더 언급해 두자. 아들러는 개인과 타인은 협력 관계에 있다고 주장한다. 공동체를 우주까지 넓히면 이상적인 세계는 원수가 없다는 개념까지 확대된다. 그러나 북한은 협력 관계가 아닌 타자는 적대 관계로 분류하고 다른 존재를 철저히 증오한다. 그들의 적대 관계는 미국, 한국, 일본 등의 국가뿐만 아니라 주권에 반하는 인민까지 포함된다. 공동체 이익에 반하는 존재는 인간이 아니라는 판단에 따른 것이다. 공동체를 위한 개인이라는 개념이 비정상적으로 강하게 인식되어 있다.

(3) "사람은 공동체 속에서 공생의 윤리를 기반으로 성장한다"

공동체는 공동체가 가지는 기준과 윤리 등을 포함한다. 사람들은 생존을 위해 필요한 규칙, 학문, 예술, 법률, 미신 등에 이르기까지 공동의 이념과 가치를 구현하기 위해 공동체를 만들어 왔다. 사물의 선악(善惡)을 판단할 때도 공동체의 기준에 따라 결정한다. 인간은 이 공동체 속에서 성장해 나간다. 공동체의 윤리를 기반으로 신뢰, 정직, 솔직함, 진정한 사랑 등을 보편적이고 타당성 있는 것이라고 인식해 왔다. 공동체의 규칙과 공생의 윤리에 따라 절대적인 진리와 이상적인 공동체를 가늠하고 더 나은 이상을 위해 노력한다.

아들러의 주장에 따르면, 북한 인민은 공동체 안에서 인간으로서 보편적으로 존재하는 신뢰성, 정직, 정의 등을 느끼고 생활하고 성장할 수 있다고 보아야 한다.

고난의 행군 시기에 많은 인민이 사망했다. 국가가 장마당(시장)에서 장사하는 것을 '개인이기주의'로 규정·단속했고 국가의 규정을 지키고 장마당에 가지 않은 인민은 국가의 명령을 따르다가 굶어 죽었다. 응답자 전원이 "여우만 살아남았다", "좋은 사람은 고난의 행군 때 다 죽었다"고 말한다. 응답자들은 죽은 사람을 '사람을 속이지 않고 정직하게 산 사람'이라고 인식하고 있다. 그들은 성실하게 산 사람의 죽음을 유감스럽게 생각하고 경멸하지 않는다. 민지 엄마처럼 교원의 사망 원인에 대해 '뇌물을 받지 않고 정직했기 때문'이라고 눈물 흘리는 모습만 봐도 알 수 있다.

북한은 개인의 의사와 상관없이 강제된 집단에서 생활한다. 그런 세상에서도 매우 원만하고 단단한 인간관계를 형성하고 있는 모습을 볼 수 있다. 집단생활에서 개인적인 이유로 참여, 불참여를 결정하는 사람은 깊은 인간관계를 형성할 수 없다. 북한은 공동생활 참여를 강제하기 때문에 개인 의사와 관계없이 학생 시절부터 공동 작업을 해 오고 있다. 이것이 북한 사회다.

그들도 인간이기 때문에 호불호가 있다. 하지만 개인의 감정을 배제하고 공동체 활동에 참여하면서 좋은 관계를 쌓아온 경험이 많다. 그것을 통해 호불호에 관계없이 다른 사람과 협력하는 능력을 키우는 것으로 보인다.

"어차피 함께해야 되니까 사이좋게 지낼 방법을 생각하죠. 그것밖에 방법이 없으니까요." (지영)

"내가 가지 않으면 그만큼 다른 사람의 작업이 늘어나니까
가야 하죠. 안 가면 대신 돈을 내야 하고." (미화)

어쩔 수 없는 공공생활을 하면서 그들은 사람과 관계 맺기, 책임 분담의 가치 등을 경험하고 집단과 자신의 관계를 체득해 간다.

우리는 북한 인민을 이해할 때 문제가 많은 제도 아래에서도 인간으로서 공동체의 규정과 윤리를 지키며 살고 있다는 사실을 인식해야 할 것이다. 북한 사회는 활동을 강제하지만 인민은 전체에 공헌하면서 인간성을 충분히 성장시키고 있다고 봐야 한다.

(4) "나에게 가치가 있다고 생각하는 것만으로도 용기를 가질 수 있다"

아들러는 공동체 감각은 누구나 가질 수 있는 소질이고 교육을 통해서 가능하다고 했다. 그는 공동체 감각이 사람에게 용기를 준다고 강조했다.

사람이라면 피할 수 없는 어려움에 직면할 때가 있다. 그럴 때 해결하고자 하는 의사를 가질 필요가 있다. 그것을 용기를 갖는다고 말한다. 그런데 용기는 자신에게 가치를 느낄 때 생긴다고 한다.

"자신이 가치가 있다고 느끼는 것은
자신의 행동이 공동체에 도움이 된다고 느낄 때이다."

하지만 어떤 것이 도움이 되는지 모르는 사람이 있다. 이 경우 그 사람이 내놓은 결과에 대해 '감사하다', '도움이 된다' 등의 말을 해 주면 된다.

자신이 공동체에 도움이 되었다고 느끼는 경험은 다른 사람이 적이 아닌 아군이라는 인식으로 이어진다. 자신이 다른 사람을 돕는 것처럼 자신이 어려움에 직면했을 때 도와주는 친구가 있다면 공동체를 실감하게 된다.

아이들이 공동체를 실감하기 위해서는 다양한 교육이 필요하다. 자신이 돕거나 반대로 도움을 요청하는 경험에서 자신의 가치를 실감하게 하는 것이다. 그것은 문제를 해결하는 자신감을 가질 수 있게 한다. 또 어려움에 직면했을 때 용기가 된다. 자기밖에 모르는 아이가 다른 사람에게 관심을 가지려면 체험을 통해 가치를 느낄 수 있도록 교육이 필요하다.

아들러가 강조하는 교육의 관점에서 보면 북한 교육 제도는 다양한 기회를 통해 아이들에게 용기를 준다고 볼 수 있다. 이것은 탈북자 증언에서 충분히 느낄 수 있다.

철저한 집단주의 교육은 학생의 개인 성적보다 반 전체의 성적이 더 중요하다고 강조하기 때문에 서로 가르치고 배우며 전체의 성적을 향상시켰다. 감사하다는 말이 오가고 우수한 성적의 학생은 칭찬을 받을 일이 많았을 것이다. 기타 학교생활에서 학생에게 부담이 되는 '과제', '강제 노동'에서도 서로 협력이 요구된다. 학생들의 협력 관계를 통해 자신과 타인의 가치를 인식하는 공동체에서의 공헌을 느끼며 용기를 배운다.

　탈북자가 목숨을 걸고 국경을 넘어오게 된 용기는 이런 경험에서 비롯되었다고 볼 수 있다. 탈북 과정에서 서로 도우며 왔다는 증언은 많다.

3) 아들러 심리학과 북한의 교육 정리

　이상의 내용을 보면 북한의 교육 환경은 공동체 감각을 키우기 위해 매우 유효하다고 해야 할 것이다. 국가를 위해 기여하도록 강요된 집단주의 교육 제도가 그들의 공동체 감각 형성에 긍정적인 영향을 미쳤던 것이다. 북한의 집단주의의 단점만을 지적한다면 이러한 큰 장점을 못 보게 된다.

　공동체 감각의 중요성은 사회주의를 신봉한 아들러의 특유한 주장이며, 그가 개인주의 이념이 강한 미국에서 태어나고 살았다면 생기지 않았을 개념일지도 모른다.

　여기서 주목할 것은 아들러가 말하는 '용기'이다. 나는 인신매매, 북송, 고문, 투옥, 기아, 자식과의 이별 등 말로 표현할 수 없는 고난을 당하면서도 탈북자들이 남한에서 적극적으로 살아가는 모습을 많이 보아 왔다. 그들의 강한 정신력이 살아가려는 '용기'라고 말할 수 있다. 북한 당국의 무리한 명령하에 인민은 협력하며 용기를 키워가고 있다고 볼 수 있다. 본서에서는 학교생활을 중심으로 살펴봐 왔지만 학창 시절을 마치고 사회생활에서도 같은 경향이 있을 것이다.

여기서 아들러의 공동체 감각과 북한 집단주의의 차이에서 오는 문제점도 확인하고 싶다.

북한은 한국, 미국, 일본 등 북한의 사상과 반대되는 국가나 인민을 학대한다. 이것은 모든 공동체를 긍정적으로 파악하고 관계를 맺으려는 아들러의 사상과 크게 다르다. 인민이 평등하고 행복하게 사는 모습을 이상적이라고 교육하면서 아군만 품고 적을 배척하는 교육은 인격 형성에 적지 않은 악영향을 미칠 것이다.

사회주의, 공산주의의 근본에 있는 변증법적 유물론의 '투쟁에 의한 발전'이 그 제도의 사상적 배경이지만, 이것은 현대 세계의 조류인 박애 정신의 근본에 맞지 않다.

악을 미워하는 자세에는 문제가 없지만 탈북자끼리 의견이 다를 경우 쉽게 분열해 버리는 경우가 많다. 그들에게는 서로에게 다가가서 중간의 방법을 검토하려는 자세가 부족하고 자신의 생각에 맞지 않으면 분열을 선택한다. 이는 반대자에 대한 격렬한 적대 정책이 초래한 학습에서 나온 사고방식이라고 느껴진다.

아들러는 유일신의 존재를 긍정한다. 직접적인 언급을

하는 경우가 많지 않지만 공동체 감각은 기독교 문화에 기반을 두고 나왔다. 그가 공동체를 과거·현재·미래의 모든 인류, 생물, 비생물 모두를 포함하여 파악하려고 하는 이유는 시공을 초월한 존재로 유일신을 염두에 두고 있기 때문이다. 공동체 구성원의 중심은 인간이지만 인간 이상의 존재에 경외감을 가지는 것은 공산주의는 물론 북한 주체사상과 다른 사상이다. 자신과 다른 의견을 가지는 대상을 존경하는 태도는 인간 이상의 존재를 인정하는 곳에서 생긴 것이다. 여기서는 종교적인 논의를 피하려고 하지만 사람이 최상위에 있다는 사상은 공동체 감각과는 다른 배경을 가진 것이라는 의식을 가져야 한다고 언급하고 싶다.

자본주의 사회에서 지장이 되는 것

"와다 상이 탈북자의 강점을 말하고 싶어 한다는 건 알지만 탈북자 중에는 우리도 감당 못할 나쁜 놈들이 있어요. 북한 사람, 남한 사람 떠나서 나쁜 사람은 어디에나 있듯이."

이 말은 지영이 한 것이지만 이는 다른 탈북자들도 비슷하게 생각한다. 나도 북한 사람 중에 당연히 극악한 인간이 있는 것을 알고 사회적으로 문제가 있는 탈북자를 직접 본 적도 있다. 그런데 이 장에서는 그런 문제가 있는 개개인을 소개하는 것이 아니라 북한에서 살아온 사람들이 공통적으로 갖고 있는 문제점에 대해 생각해 보려고 하는 것이다.

여기서 북한 사람의 성질을 설명하는 데 있어 '단점'이나 '결점'이라는 단어를 쓰고 싶지 않다. 그 이유를 간단히 설명하도록 한다.

'탈북자 중에 직설적인 사람이 많다'는 말은 탈북자들도 인정한다. 이것은 단순한 사실이다. 만약 '직설적'이라는 말이 '감정적이어서 사람에게 상처를 준다'로 이해하면 문제가 된다. 반대로 '순발력이 있다'로 이해하면 장점이 된다. 특징적인 성격은 선(善)도 악(惡)도 아니다.

하지만 '배신'이라는 말은 다르다. '배신'을 악이라고 판단할 수 있다. 배신의 반대는 '신뢰'로 '보답하다'의 의미가 있다. 그러므로 우리는 '배신'을 선으로 인식하지 않는다.

무슨 말이냐 하면, 때로 단어 하나가 '상대(相對)'과 '반대(反對)'의 의미로 쓰일 수 있다는 말이다. 예를 들어 개인주의 · 집단주의 관계와 개인주의 · 이기주의 관계를 구별해 보자. 개인주의는 집단주의와 공재(共在)할 수 있으며, 실제로 공재하고 있다. 하지만 개인주의는 인정되지만 이기주의를 환영하는 사람은 없다. 여기에 공재하는 선한 '상대'과 없애야 하는 악한 '반대'가 있다고 본다. 본래는 이런 개념들을 분명히 구별해야 하지만 우리는 많은 경우 혼동하면서 쓰고 있다. 집단주의의 대상은 개인주의이며 반대는 집단이기주의어야 하는데, 집단주의의 반대를 개인주의로 보는 경우가 많다는 뜻이다.

나는 상대방의 문제점을 지적할 때 신중하려고 노력한다. 혼란을 피하기 위해 여기서는 '탈북자의 단점'이라는 말을 사용하지 않고 '자본주의 사회에서 사는 데 지장이 되는 것'이라는 표현을 쓰고 싶은 것이다.

1. 약속을 지키지 않는다

가수 이은미 콘서트 이야기를 전술했는데 더 자세하게 보자.

2010년 이은미 씨는 한국에 입국한 탈북자가 2만 명이 넘은 것을 알고 전국 콘서트 투어 현장에 탈북자를 초대하는 기획을 했다. 그때 내가 담당자로 지방 탈북자 단체에 참가자를 모아 달라고 연락했다. 이은미 콘서트 티켓은 한 장에 평균 10만 원 정도이다. 경제적으로 어려운 탈북자들이 쉽게 이 금액을 지불하고 콘서트에 가기는 어렵다. 때문에 당시 참가자를 수월하게 모을 수 있었다.

하지만 실제로 콘서트장에 모인 참가자는 70% 정도였다. 기업의 초대권도 불참자가 많다고 하니, 70%의 참가 비율이 어떤 의미인지 잘 모르겠다. 당시에 내가 개인적으로 부른 사람이 60%였다. 나는 그들에게 초대권을 주며 "못 오게 되면 적어도 전날까지 연락해 달라. 가고 싶어 하는 사람이 많으니 그들을 부르면 된다"고 부탁했지만 못 온다고 미리 연락해 준 사람은 거의 없었다.

콘서트가 끝난 다음 각 지역 담당자와 이야기를 나누었다. 사람을 모으는 일은 탈북자 담당자들도 어렵다고 한다. 그들이 행사장에 나타나지 않는 원인은 다음과 같다.

* 탈북자는 무상으로 받는 것에 익숙해 있기 때문에 취향에
  관계없이 무조건 받고 본다.
* 약속을 해도 자신에게 징벌이 오지 않으면 안 지키는 경우
  가 많다.
* 개인적인 약속에 익숙하지 않다.
* 국가가 약속을 지키지 않고 열차도 정해진 시각에 오지 않
  는 나라에서 자랐기 때문에 약속의 중요성을 잘 모른다.

이것은 사회주의 국가에서 흔히 나타나는 현상으로 탈북
자에게만 나타나는 것은 아니다. 자본주의 사회에서는 계약을
지키는 것이 규정이고 이것은 상하 관계보다는 수평 관계이
다. 그리고 약속은 개인의 이익과 연관되어 있다.

그러나 북한에서 약속이란 상하 관계이며 징벌이 없으면
불이익으로 연결되지 않는 경우가 많다. 약속을 지키지 않아
도 상하 관계, 수평 관계 형태가 변하지 않는다. 학교 교칙을
위반해도 처벌을 받지 않는다면 학생인 것에는 변함이 없기
때문에 괜찮은 것이다.

우리 공장에서 일하는 탈북자의 절반은 남한 사람보다
약속 시간을 잘 지킨다. 엄하게 말해야 지키는 사람도 있고 분
명 개인차는 있다.

나와 개인적으로 한 약속도 지키지 못하는 탈북자는 많
다. 본인들이 사정이 생기면 약속을 변경하는 경우가 정말 많

다. 그런 탈북자들은 자기 것을 우선시하는 것 같다. 강압된 사회에서 '명령'과 '벌'로 다스려진 사람들이 개인의 자유의지를 주장하는 남한에서 '약속'이라는 말을 이해하는 데 시간이 필요하다고 본다.

2. 상의하고 제3안을 만들 수 없다

북한의 상황을 알면 쉽게 이해가 가는 부분이기도 하지만, 탈북자들은 회의하고 결론을 내리는 능력이 부족하다. 이유는 간단하다. 그들은 스스로 결론을 내린 경험이 없기 때문이다.

> "상부의 명령을 듣고 실행할까 안 할까 뿐입니다." (명희)

> "10가지 일을 지시받으면 사정을 생각해서 8가지만 합시다와 같은 말은 아무도 할 수 없어요. 명령을 수행하지 못하면 숙청당하니까 아무도 그런 말은 하지 않아요." (미화)

탈북자들은 '명령'과 '관철'만 있는 수직 사회에서 살아왔다. 이들은 '이유', '변명', '타협', '대안'과 같은 말을 해 본 적이 없다. 그러므로 탈북자들은 남한 사회에서 스스로 선택하고 결정하는 것을 어려워한다.

자본주의 사회에서 제일 어려운 것은 자유롭게 움직이는 시장 경제를 정확하게 판단하는 것이다. 시장 경제는 유동적이기 때문에 항상 변화한다. 사람들은 정보를 수집하고 해결책을 찾기 위해 토론하고 의견을 주고받으며, 좋은 결과를 만들기 위해 머리를 싸맨다. 자본주의가 성장해 온 방식이다. 이런 경제 시스템에서 살아남기 위해 학창 시절부터 공부하고 훈련을 많이 한다.

북한에서는 이런 기회가 거의 없었다. 결사의 자유도 없고 심지어 가족 여행 계획도 세울 기회가 없었다. 혼자 살아가기 위해 결사적인 선택을 할 수는 있어도 여러 사람이 모여 무엇을 도모한 경험이 전혀 없다는 것이다.

탈북자들과 A안, B안을 놓고 상의할 경우 그들은 결론 내는 것을 어려워하고 "결과가 나오면 알려 줘"라고 말하는 경우가 많다. 탈북자들이 만든 기업·단체가 잘 운영되지 못하는 이유는 이들이 자본주의의 시스템에 익숙하지 않기 때문이기도 하지만 사실은 회의를 통해 결정하는 문화에 익숙하지 않아서일 수도 있다.

가끔 탈북자 출신 박사들과 토론하는 자리에 동석할 때가 있다. 다른 학자들과 토론할 때는 비정상적인 사태가 불거진 적이 없었다. 토론은 일정한 교육을 받으면 충분히 대응할 수 있다. 학문은 자기주장을 굽히고 상대와 공통 결론을 낼 필요가 없다. 그러므로 학술회의는 주장하는 의견에 동의하지 않아도 문제가 생기지 않는다. 하지만 회사 경영은 한 가지 결론을 내야 한다. 의견이 여럿 있는 경우 동의를 얻기 위해 상대를 설득하거나 모두가 좋아할 다른 최상의 방법을 제시해야 한다. 하지만 이런 과정이 탈북자에게는 생소하다. 탈북자가 남한에서 성공하는 사업을 살펴보면, 탈북자 혼자 식당을 운영하거나 가족끼리 운영하는 구조가 단순하고 소규모 사업장인 경우가 많다.

대기업에 취직해 중견급 간부를 하고 있는 탈북자 1명을 알고 있다. 그는 북한에 있을 때 벌써 동유럽에서 유학하고 몇 년간 외교관 생활을 했다. 그를 처음 만났을 때 남한 사람이라고 생각했다. 젊을 때부터 외국에서 공부하며 자본주의 경험이 풍부하기 때문에 남한 사회 적응력이 뛰어나다고 할 수 있겠다.

우리 공장에서 일하는 탈북자들도 회의 때 이야기가 길어지고 복잡해지면 혼란스러워 하는 것이 보인다. 그들은 무엇이든 빨리 결론이 나기만을 바란다. 북한에서는 자신이 결정을 내려 본 경험이 없기 때문에 내려온 결정만을 원하는 것이다. 충분히 의논하고 조금이라도 나은 결과를 내는 것보다 차라리 작업을 더 하려고 한다.

3. 목표 설정이 능숙하지 않다

우리 공장에 사람이 처음 일하러 왔을 때 모두에게 "꿈이 있는가"를 질문한다. 개인이 목표에 대한 의식이 있고 그 목표를 위해 구체적으로 행동하고 있는지 알고 싶어서다.

탈북자들이 하는 가장 많은 대답이 "돈을 벌고 싶다"이다. 아르바이트를 하러 온 것이어서 그 답은 당연하다고 생각이 된다. 그 다음의 질문은 "돈을 벌어서 무엇을 할 것인가?"이다. 대부분 "먹고 살기 위해서"라고 답한다. 물론 먹고 살기 위해 돈을 버는 것은 인간이면 누구나 가지는 고민이기는 하다.

내가 교류하는 탈북자는 40대가 가장 많다. 낯선 문화에서 자녀를 키우며 살아가려면 가장 먼저해야 할 일이 안정된 직장을 찾는 것이다. 탈북자 중에는 정부의 지원을 받으면서 아르바이트를 하는 사람이 매우 많다. 그들은 이런 말을 했다.

"탈북자는 급여를 보고 일자리를 찾는다."

좀 더 정확하게 말하면 '일당 8만 원에 일하다가 9만 원을 주는 곳이 있으면 주저하지 않고 직업을 바꾼다'는 것이다. 8만 원과 9만 원의 차이에 무언가 있다는 것을 깊이 생각하지 않는다고 한다. 내가 탈북자들보면 확실히 그런 경향이 있는 것을 느낀다.

네트워크 및 부동산 투자 등으로 큰돈을 잃은 탈북자가 많다고 한다. 이것도 복잡한 사정을 고려하고 파악하는 능력이 부족한 것과 성급하게 이익을 얻으려는 욕심에서 비롯되었다. 또한 사람을 쉽게 믿는 것도 원인일 것이다.

탈북자 가운데 장래 10~20년이라는 긴 기간을 염두에 두고 꿈을 실현하려고 하는 사람이 많지는 않을 것이다. 정해진 길 밖을 걸어본 경험이 없었기 때문에 자본주의의 소용돌이 속에서 계획을 세우고 행동하는 방법을 익히기까지 앞으로 좀 더 시간이 걸릴 것 같다.

이런 모습을 지켜보고 있노라면 현재 북한에 살고 있는 청년들에 대한 걱정으로 이어지지 않을 수 없다. 내가 걱정하는 것은 그들이 자신의 미래를 꿈꿀 수 없다는 부분이다. 북한이 지금의 체제를 그대로 유지하는 한 그들은 평생 동안 본인의 미래에 대한 희망을 가질 수 없을 것이다. 마음껏 꿈을 꾸어야 할 청소년기에 아무런 희망을 가지지 못하는 것이 본인과 국가를 위해 얼마나 큰 손실인지 모를 것이다.

그런데 남한에서 활발하게 활약하는 젊은 탈북자가 있다.

그는 고졸 학력을 가지고 건설 회사에 들어가 20층 건물을 설계한 청년이다. 그의 상사는 "너 같은 사람이 10명 더 있으면 우리 회사가 얼마나 발전할지 모르겠다"라며 칭찬했다고 한다. 이는 탈북자도 목표를 세우고 기회가 주어지면 충분히 성공할 수 있다는 것을 보여 준다.

통일 후에는 이익만을 좇을 것이 아니라 북한 인민의 재능 역시 묻혀 버리지 않게 잘 키워 내야 한다. 그들에게 능력이 없는 것이 아니다. 기회가 없었고 다른 세계를 경험해 보지 못했을 뿐이다. 북한 인민은 열악한 조건에서 살아남은 강인한 생명력이 있고 사람들과 협력을 잘하는 능력이 있다. 그들의 장점을 키우고 미래를 준비하는 데 필요한 교육을 실시한다면 좋은 성과를 보여 줄 것이다.

제7장

마무리하면서

  북한에서는 먹을 게 없을 때 서로 도우면서 살아갑니다. 집에 먹을 것이 없으면 이웃집에 빌리러 가요. 이웃에 먹을 게 있으면 나누어주고 없으면 어쩔 수 없어요. 중학생 때, 그날은 마을 끝집까지 빌리러 갔어요. 자주 다니는 집이 아니어서 좀 어색했지만 내가 온 것을 보고 그 집 엄마가 내 얼굴을 가만히 보다가 들어오라고 했어요. 아주머니는 주먹보다 큰 꾸러미를 가져와서 내 앞에서 풀었습니다. 마지막 때를 위한 비상식량이라는 걸 나도 알았습니다. 하지만 아무 말도 하지 않고 옥수수를 둘로 나누어서 한쪽을 나에게 주셨습니다. 그때의 일은 잊을 수 없습니다. 북한 사람의 의리라는 것은 이런 거예요. (40대 여성)

  그는 아주머니가 옥수수를 나누어주던 손 모양을 그대로 옮기며 담담하게 말했다. 이 이야기는 북한을 잘 모르는 사람에게 꼭 전해 주고 싶은 사연이다.

  그는 "남한 사람과 같이 있으면 마음이 불안해요. 만약 우리 식구가 다 죽어버리면 나 혼자 이 나라에서 어떻게 살아갈까 걱정이 돼요"라고 말한다. 또 "남한 사람은 무엇을 생각하고 있는지 항상 경계하면서 말을 들어야 하요"라고 걱정도 한다. 그가 너무 예민하게 생각한다고 느낄 수도 있다. 하지만 그가 사회생활을 활발하게 하고 자식도 잘 키우고 있는 사람이어서 조금 놀랐다. 그의 말처럼 북한과 남한은 서로에 대해 모르는 것이 많고 거리가 멀다는 것을 느꼈다.

북한은 철저한 감시 사회로, 이웃과 가족까지도 경계하지 않으면 안 되는 감시 체제 시스템이 작동하고 있다. 하지만 정치적으로 걸리는 문제가 아니면 이웃 간에 음식을 나누거나 끈끈한 정이 잘 작동하고 있다.

> "북한에서는 어른들이 집에 없을 때 우리 집 애기가 울면 옆집 사람이 와서 안아 주고 업어 주고 동네 사람들이 도와줘요. 필요한 것이 있으면 나눠 쓰고 없으면 없다고 말해요. 이웃을 속이거나 거짓말을 하는 사람이 없어서 사람을 보이는 대로 믿으면 돼요. 여기서는 그럴 수 없어요."

서로를 경쟁 대상처럼 인식하는 남한에서 탈북자들이 고향을 그리워하는 것은 자연스러운 것이다. 그런 탈북자들이 남한 사회에서 일어나는 일 중에 도무지 이해하지 못하는 것이 있다.

"같은 아파트에 살면서 사람이 죽어 가는 것을 모른다는 것은 믿을 수 없습니다."

남한의 개인주의를 이렇게 느끼고 있는 것이다.

"통일이 되면 남한 사람들이 돈벌이만을 위해 북한에 가겠죠. 그것 때문에 순수한 인민이 당하겠죠. 북한학을 공부하고 있는 사람 중 80%가 통일되면 북한에 가서 돈 벌 방법을 연구하는 것에 놀랐어요." (30대 여성)

고향 사람들이 남한 사람에게 당할까봐 걱정하는 탈북자가 많다. 탈북자들 중에 남한에서 '빼앗긴' 경험을 가진 사람이 적지 않다. 사기를 당하거나 자본주의를 잘 이해하지 못해서 손해를 본 경우가 많은 것이다.

"여기 생활이 좋으면 어머니를 부르고 싶지만 (탈북의) 위험을 무릅쓰고 와야 하는 곳은 아니라고 생각해요. 내가 돈을 벌어서 보내면 되지. 거기 사는 가족까지 이곳에서 고생시키고 싶지 않아요." (40대 여성)

가족을 부르는 탈북자도 많지만 북한에서 먹고 사는 문제가 해결되면 굳이 탈북할 필요가 없다고 말하는 사람도 적지 않다.

"남한 사람들은 정이 없어요."

탈북자들로부터 남한 사람들이 정이 없다는 말을 꽤 자주 들었다. 남한 사람들이 들으면 기분이 좋지는 않겠지만 대부분의 탈북자가 그렇게 생각한다고 인식해도 좋을 것이다. 하지만 이는 탈북자들의 생각일 뿐, 그들과 반대로 남한 사람들이 정이 많다는 것 또한 사실이다. 나 같은 외국인 보기에는 특히 그렇다. 하지만 탈북자들의 대부분은 상기의 40대 여성의 이야기와 같이 먹을 것이 없을 때 이웃과 마지막 옥수수를 나눠 먹은 경험이 있지만, 남한 사람과는 그런 인간관계를 맺은 적이 없기 때문에 남한 사람에게는 정이 없다고 느끼는 것일지도 모르겠다.

북한에서 '자본주의는 이기주의'라고 가르치지만 맞는 부분도 있다. 공산주의나 자본주의의 이념과 상관없이 인간은 본디 이기적이고, 특히 자유 경제 제도하에서는 이기주의를 더욱 거부하지 않는다.

남한 사람들은 "우리도 예전에는 이웃끼리 잘 지냈다"고 말한다. 일본에서도 가난한 시대에는 서로 도우면서 살았다. 하지만 "자본주의가 발전하고 풍요로워지면서 사람의 마음은 가난해졌다"고 느끼고 있다. 이런 시대적 흐름은 막을 수가 없다. 인간적인 정이 사라지고 사람들은 점점 개인주의를 선호하고 이기적으로 변해 가고 있다.

다시 옛날의 끈끈한 정을 되살리기 위해서는 옥수수를 나눠 먹던 시절을 그리워하던 북한 인민의 삶에서 그 해답을 찾아야 할지도 모른다. 지금 시대에 사회주의가 필요하다고 주장하는 것은 아니다. 자본주의 사회에서 있는 이기주의적인 문제점을 해결하기 위해 마을 단위, 학교 단위의 작은 공동체를 활성화시킴으로써 사람들이 더불어 사는 행복한 사회에서 배울 게 있다는 것이다.

문화 차이의 극복

우리 공장에서 일한 탈북자는 지금까지 15명이다. "스트레스가 쌓이면 공장에 가서 아르바이트라도 해야지"(미화)라고 말하는 사람이 있다. 우리 공장은 식품 포장을 하는 곳이다. 정직원은 없고 아르바이트생을 쓰고 있다. 매일 일감이 있는 게 아니어서 작업이 필요하면 아르바이트생을 부른다. 출근 날짜와 시간이 자유로워서 아이를 키우거나 몸이 불편한 탈북자들이 선호하는 곳이다. 탈북자들이 우리 공장을 좋아하는 또 다른 이유는 내가 탈북자와 북한 사정을 많이 알고 있기 때문일 것이다. 자기들 사정을 잘 이해해 주고 긍정적으로 생각하니 나쁘지는 않을 것이다. "와다 상은 동네 오빠 같다"고 말한 유미의 말처럼 '동네 오빠' 포지션을 유지하려고 한다. 내가 전혀 다른 문화권에서 자랐음에도 말이다.

사람들이 서로 문화의 차이를 지적하는 것은 불편하기 때문일 것이다. 문화가 다른 사람들이 서로 상대의 문화를 존중하고 교류한다면 굳이 문화의 차이를 말하지 않는다.

나는 '문화의 차이'를 의식하지 않으려고 노력한다. 차이를 느끼기 전에 공통점을 찾으려고 하는 것이다.

교류의 기본은 다름을 인정하는 것이다. 우선 공통점 파악한다. 예를 들어 축구팀 구성원이라면 축구를 좋아한다는 공통점이 있다. 공통점을 확인하면 다른 장점을 찾아 공격, 수비, 골키퍼 등을 결정한다. 단점을 근거로 포지션을 선택하지는 않는다. 선수는 자신의 장점을 다지고 약점을 없애기 위해 부단히 노력한다.

'공통점 파악', '장점 발굴', '문제점 극복', 나는 지금까지 팀을 이끌 때 이 순서대로 인간관계를 이끌어 왔다. 단점 극복은 마지막 항목이며 상대가 묻기 전에 내가 먼저 지적하지 않도록 노력했다. 결과는 나쁘지 않았다.

이 방법을 북한 인민과 탈북자에게 적용시켜 보자.

* 공통점 찾기: "남북한과 일본이 평화롭게 살고 싶다. 그러기 위해서는 북한 지역의 발전이 기대된다. 오랜 시간 고

립과 가난에 힘든 북한 인민을 구제하여 통일 한국에서
함께 살며 각국의 관계 발전을 위해 노력한다."

  이것이 축구 예시의 공통점 찾기이다. 여기서 방해가 되
는 것은 '자기 이득만을 위해 개인플레이를 하는 이기적인 선
수'이다. 즉 개인의 이익만을 추구하는 개인과 기업이다.

  * 장점 찾기: 북한 인민에 관한 것을 언급하게 한다. 내가
    본 장점은 지금까지 본서에서 주장해 온 대로 사람과의
    친밀감, 어려울수록 긍정적으로 살아가려는 용기, 집단을
    위한 공동체 의식 등이다.

  이 장점을 살리기 위해 구체적인 방안을 모색해야 한다.
이 추상적인 장점을 구체화하는 일은 쉬운 일이 아니다. 상당
한 검토와 실천이 필요할 것이다.

  * 문제점 찾기: 다시 말하지만 문제점은 발전과 크게 상관이
    없다. 학자나 정치가들이 문제점을 자주 지적하지만 실제
    적으로 효과가 있는지 증명된 적이 없다. 인간관계를 보면
    쉽게 이해할 수 있다. 국제관계가 인간관계의 확대라고 본
    다면 인간관계에서는 문제점을 직접적으로 강조하면 절대
    안 된다.

  나는 탈북자와의 문화 차이는 의식하지 않으려고 한다.

차이가 있다면 탈북자 전체가 아닌 개인의 차이라고 생각한다. 애초 나는 북한에 살았던 경험이 없으니 이질감의 차이를 판단할 재료가 없는 것이다.

문제점이 드러날 경우 '북한'이라는 국가가 아닌 한 개인의 특성을 잘 알면 방법이 있을 것이다. 약속을 잘 기키지 않고 토론에 약하고 결과 도출이 서투른 탈북자라도 약속의 이익과 토론의 결과가 좋은 것을 경험한다면 가르치지 않아도 스스로 노력할 것이다. 단 시간이 필요하다. 문화 차이는 정도의 차이이다. 사람은 본래 같은 팀으로 목적이 같으면 사고방식도 비슷해진다.

통일을 한다면 5년 이내에

내가 갖고 있는 목표 중 중요한 것 하나를 말하고자 한다.

"통일을 한다면 5년 이내에."

지금까지 내가 만나거나 인터뷰한 탈북자들은 삶을 성실하게 살아온 사람들이다. 이곳에 소개한 탈북자들의 나이는 40세 이상이다. 이들은 1995년 북한의 국가 기능이 사라진 고난의 행군 이전에 성인이 되었다. 내가 말하는 매력을 갖춘 사람들이 현재 40세 이상인 것이다. 5년 후에도 이들은 아직 50대에 접어들기 전으로 사회 활동의 중심 역할을 하는 나이일 것이다. 10년이 이상이 지난다면 그들 대부분이 사회 일선에서 물러나고 보다 젊은 층이 사회의 중추를 차지할 것이다.

> "고난의 행군 시기부터 학교에 못 가는 아이들이 생겼어요. 실제로는 그전부터 어려워졌기 때문에 80년대에 태어난 아이들은 제대로 교육을 못 받은 사람이 많다고 봐야 되겠죠." (유미)

1980년생은 1995년 당시 만 15~16세로 현재 만 39~40세가 된다. 더 젊은 세대는 소학교 졸업 후 20년 동안 경제와 법질서가 붕괴된 환경 속에서 성장하면서 교육과 영양 공급이 취약한 세대로 자랐다. 고난의 행군 시기부터 뇌물과 빈부 격차, 교원의 절대성 부족, 비도덕적 자본주의 사고방식이 증가했다고 최근 입국한 탈북자들이 증언한다. 북한 당국이 범죄를 방치하지 않으면 사회가 존립되지 않는 시대였다. 우수한 사회성의 자라기를 기대하기 매우 어려운 환경이다.

20대의 탈북자와 이야기를 해 보면 남한이나 일본에 비해 순수하다고 느끼지만 현재 북한에 사는 인민은 김일성 시대의 인민과 다른 가치관을 가지고 있다고 봐야 할 것이다.

일부 고위 간부의 안위 중심으로 운영되는 국가가 인민

에게 악영향을 줄 것은 누가 봐도 분명하다. 도덕적 수준, 건
강 상태, 지적 수준 어느 면을 봐도 향상될 요소는 없다.

북한 인민은 희망을 공유할 수 있는 대상이다

남한 사람들이 통일을 희망적으로 보기 위해서는 북한
인민에 대해 미래의 동반자라고 보는 시각이 필요하다. 하지
만 일반적으로 남한 사람들은 북한 사람들을 '열등'하다고 인
식한다. 그런데 이런 인식은 사실과 다르다. 북한 인민은 결코
열등한 존재가 아니라 통일 한국을 발전시키기 위한 충분한
가능성을 가지고 있다. 아주 작은 부분일지라도 본서를 통해
그 가능성을 느꼈을 것이라고 생각한다.

물론 북한 인민이 남한과 일본, 미국처럼 기술 발전과 문
명을 자랑하지는 못한다. 하지만 부족한 부분을 보충할 만한
충분한 장점을 갖추고 있다고 나는 본다. 그것은 바로 그들이
가진 강인함과 정신력이다. 북한은 거듭되는 어려움에도 무너
지지 않고 있다. 학회에서는 그 인내의 원인을 중국의 원조와
북한 당국의 압정에 의한 것이라고 보고 있다. 이에 나는 다른
의견을 갖고 있다.

학회가 말하는 것은 보조적인 힘이며, 북한이 빈사 상태
로 살아남은 강력한 힘은 인민의 애국심이라고 본다. 그 애국

심은 당이 심어준 것이 아니라 인민들이 스스로 서로 도우면서 살아온 힘이다. 다시 말해 가족, 학교, 지역 사회, 기업체 등의 활동을 통해 나타나는 공동체 감각으로 키워진 인간관계이다. 북한의 공동체 감각은 생각보다 잘 결합되어 있다. 이 힘을 이용해 북한 당국은 나라를 유지하고 중국의 원조를 받아 공고하게 내부를 다지고 있다.

나의 경험으로 단언하고 싶다. 탈북자에게 느끼는 공동체 감각은, 비록 완성된 것은 아니지만 현대 한국인과 일본인에게서 느끼는 것보다 분명히 이상적이다. 이것이 통일 한국을 발전시키기 위한 북한 인민이 가지고 있는 장점이다.

이것을 전하는 것이 이 책의 목적이다.

나는 운동선수로서 12년, 지도자로 10년의 경험이 있고 작은 규모지만 단체의 경영진으로 13년 정도의 경험이 있다. 이런 경험에서 공동체 발전을 위하여 무엇보다 중요한 것은 조직 구성원들의 원활한 인간관계이고 이것은 구체적인 운영 방법보다 훨씬 중요하다. 구체적인 운영 방식이 더 중요하다고 말하는 사람이 많지만 실제로는 추진력이 더 중요하며, 그것은 구성원의 인간관계에 달려 있다. 이렇게 볼 때 내가 만난 탈북자들은 집단 활동에서 매우 적합한 사람들인 것이다.

그러나 훌륭한 탈북자가 있는 반면 아무렇지 않게 사람을 배신하는 탈북자도 있다는 것을 분명히 알아야 한다. 이 책에서 탈북자의 장점을 중심으로 이야기해 왔지만 모든 탈북자가 선인이라고 주장하는 것은 아니다. 일탈한 탈북자도 만났다. 비율은 생각보다 많다고 해야 할 것이다.

구체적인 경험을 말하자면 내가 만난 탈북자 중에 사람을 속여 돈을 갈취한 사람은 2명, 모두 여성인데 그중 한 명은 한국에 없다. 각각 다른 사건으로 피해는 3,000만 원과 1,000만 원이다. 개인적으로 사기를 당했기 때문에 피해가 크다. 인간관계에서 문제가 발생했고 개인 간 의견 차이로 싸우다가 재판까지 간 경우도 있다.

결혼, 이혼의 문제는 더 많다. 북한에서 부부였던 사람들이 자유세계에 오면서 여성의 인권을 찾아 이혼하는 경우가 많다. 탈북 남성이 시대의 변화에 힘들어 하고 가부장적인 관습이 싫은 여성이 집을 나가는 편이다. 외도를 자유로 착각하는 탈북 여성도 있다. 전 남편에게 자녀 양육비를 받지만 아이는 전 남편의 아이가 아닌 경우도 알고 있다.

탈북자 범죄 중에 인간관계의 친밀감을 이용해 사기 행각을 벌이는 사례가 많다. 설명하기 조금 어렵지만 모든 범죄자가 이기적이다. 일본 범죄자는 고독에 의한 이기심 때문에 저지르는 범죄가 많고 탈북자는 자아실현을 위한 이기심에 의한 범죄가 많다고 생각한다. 일부 탈북자가 잘 형성된 공동체 감각을 악용해 사기를 저질렀다.

희망 이야기로 돌아가자. 남한에서 북한 인민을 적대시하는지 동반자로 여기는지에 따라 보이는 것도 다르다는 것을 알아야 한다. 평화를 원한다면 긍정적으로 상대를 볼 필요가 있다는 것도 알아야 한다. "북한은 김 부자만을 위한 세습 정부가 나쁜 것이지 일반인은 나쁘지 않다"고도 말한다. 하지만 우리는 나쁘지 않는 북한 인민에게 관심을 가지고 있는가? 차별과 멸시가 아닌 서로 존중하며 좋은 모습을 보려고 노력하면 희망이 생긴다.

나는 남한 사람이나 일본인에게 탈북자를 소개할 때 "이분은 북에서 왔다"고 이야기한다. 나에게 있어서 이 말은 "이 사람은 좋은 사람이다"라는 뜻이기도 하다.

또한 마지막으로

이 책은 탈북자가 진술한 내용을 믿고 쓴 것이다. 즉 그들이 거짓말을 했다면 이 책도 거짓이다. 탈북자와 더 깊은 대화를 나누려고 노력했지만 내용의 진위를 따지는 일은 하지 않았다. 또 같은 시대를 살아온 사람이라도 전하는 사람에 따라 내용이 다를 때도 있었다. 하지만 북한을 보는 나의 입장에서 봤을 때 납득되지 않는 이야기는 없었다. 물론 진실을 추구하는 나의 태도가 애매하다는 견해가 있을 것이다.

탈북자와 인터뷰할 때 거짓말하는 것을 목격할 때도 있다. 사람은 가끔 거짓말도 한다. 어떤 교수는 내게 "탈북자를 연구할 때 거짓말을 조심하라"고 조언하기도 했다. 연구자들은 '진실'이라는 말을 자주 한다.

나는 상대의 말을 진실하다고 믿으려고 하는 편이다. 연구자가 이야기의 신빙성을 의심하며 조사하는 행위가 행복과는 관계가 없다고 느꼈기 때문이다. 인터뷰어는 말하고 싶지 않은 것은 말하지 않는 것으로 마음을 표현했고, 그것 또한 진실이라고 생각한다.

남한에서 태어난 탈북자 2세 중에 어머니가 북한 출신임을 모르는 경우가 많다. 어머니는 자식에게 굳이 자신의 아픈 과거를 알려야 할 이유가 없다. 알릴 권리는 어머니에게 있는 것이지 남에게는 없다. 중요한 것은 본인들이 행복한가이다.

남북은 오랫동안 속마음을 열고 대화를 해 오지 않았다. 남북도 그렇고 일본도 마찬가지다. 모두가 상대를 경계하고 속마음을 숨긴다. 그런 식의 교류가 얼마나 비효율적인지 모르겠다. 각국의 외교 정책이 자국의 이익만 고집하고 있는 동안 진실은 저 멀리 더 멀어져 가는 것은 아닌가.

탈북자들과 고향 이야기를 나눴을 때, 나는 그들이 진실을 말한다고 믿으면서 들었다. 탈북자가 거짓말을 하는지 안하는지 의심하지 않았다. 학술적인 관심을 갖고 조사하는 마음을 버리고 단지 사랑하는 마음을 갖고자 했다고 할 수도 있겠다. 그러한 시간을 통해 신뢰 관계가 맺어지게 되면 상대방은 되도록 나에게 불이익이 되는 말을 하지 않으려고 노력할 것이다. 그런 관계가 확대된다면 둘 사이에 더 깊은 행복함이 생기고 영원함까지 이르게 될 것이다. 믿는 것이 거짓을 따지는 것보다 더 확실하게 진실을 얻을 수 있는 방법이라고 본다.

그러한 관계가 북한 사람에 대한 이해와 남북통일에 있어 큰 힘이 될 것이다. 통일은 사람들의 신뢰 관계를 기반으로 한다. 서로가 서로를 의심스럽게 바라보는 것보다작은 관심과 사랑들이야말로 남북통일의 근간이 될 것이라고 그저 믿는 것이다.

나에게는 누구나 어렸을 때 들은 적이 있는 도덕적인 선한 이야기와 같은 것이 평화로 가는 가장 빠른 길로 보인다.

삽화 ⓒ 다니무라 히토미(谷村仁美)

와다 신스케(和田晋典)　　　　　　　　nohosen@gmail.com

1962년생으로 1987년 일본 교토(京都)대학 농학부에서 산림학을 전공했다(학사). 교토대학 미식축구팀 소속으로 일본선수권에서 우승(1985)했고, 1988~1998년에 고등학교, 대학교, 사회인 팀에서 코치로 지도자 생활을 했다. 2002년에는 한국 선문대학교 신학대학원에서 해외선교학을 전공했다(석사). 2011년에 한국 미식축구 국가대표팀 코치로 활동했으며, 같은 해 한국 동국대학교 북한학과에서 박사과정을 수료했다. 2015~2017년에는 (사)북한개발연구소 연구원으로, 2020년부터 현재까지는 (사)샌드연구소(South and North Development Institute) 연구위원으로 있다.
저서(일본 출간)로는 『心の荷物は愛でおろす(마음의 짐은 사랑으로 내린다: 우울증, 정신분열증 청년들과의 교류기)』(2007)와 『脱·北朝鮮論(탈·북조선론)』(2019) 등이 있다.